U0565788

·河南省作家协会重点作品扶持项目·

幸福的瓷器

青 年 作 家 文 丛

陈小庆 著

河南文艺出版社
·郑州·

图书在版编目（CIP）数据

幸福的瓷器/陈小庆著. —郑州：河南文艺出版社,2020.9(2021.1 重印)

（青年作家文丛）

ISBN 978-7-5559-1061-9

Ⅰ.①幸… Ⅱ.①陈… Ⅲ.①小小说-小说集-中国-当代 Ⅳ.①I247.82

中国版本图书馆 CIP 数据核字（2020）第 144840 号

策　　划	李　勇
责任编辑	穆安庆　贾占闯
书籍设计	小　花
责任校对	殷现堂
丛书统筹	李勇军

出版发行　河南文艺出版社

本社地址　郑州市郑东新区祥盛街 27 号 C 座 5 楼

邮政编码　450018

承印单位　河南新华印刷集团有限公司

经销单位　新华书店

纸张规格　890 毫米×1240 毫米　1/32

印　　张　10.375

字　　数　214 000

版　　次　2020 年 9 月第 1 版

印　　次　2021 年 1 月第 2 次印刷

定　　价　35.00 元

版权所有　盗版必究

图书如有印装错误，请寄回印厂调换。

印厂地址　郑州市经五路 12 号

邮政编码　450002　　电话0371-65957864

编委会

主　任　邵　丽

副主任　何　弘　乔　叶

委　员　刘先琴　冯　杰　墨　白　鱼　禾

　　　　杨晓敏　廖华歌　韩　达　南飞雁

　　　　单占生　李静宜　王安琪　姬　盼

自序

千年的梦有多辽阔

一

　　突然很想远行，不管是骑着一头性格不温不火的小毛驴或是一匹脾气暴烈的大白马，不管是坐着逢站必停的绿皮火车或是风驰电掣的高铁，不管是背着琴剑书箱或是拿着智能手机，不管出门买东西时是掏出白花花的银子或是拿手机扫一扫——就是很想远行，很远的那种远行，但不能坐飞机——不掏钱也不能坐，要贴着地皮远行，过千山过万水，一路风光看尽，一去就是经年。必须有漫长的思念，必须有离愁万种——那种缓慢悠长的思念让人很是着迷。

　　我仿佛记起我的某一个前世：我独自背起行囊，告别梨花树下的小娘子，对她说我到洛阳讨着功名就回来接她。她哭，她揪着我的衣袖不放手——那时春风正好，她的头发被风吹乱，新买的簪子都快滑落了。她到底还是放手了，只是把她的汗巾塞进了我的袖子。后来，我到底是回来了还是没有回来，我并不清楚，我有很多前世，有很多离别和很多悬念，我不可能都记得结局。

在距那次离别的两千年后，那是1995年春天，十九岁的我在焦作食品公司的饼干厂上班，每天做着调制山楂馅儿的活儿。一天，我拿着用午餐省下来的12元钱买到一本《汉魏六朝诗三百首》。虽然晚上停电了，但我还是啃着作为晚饭的馒头就着一根蜡烛的光翻看着新买的书。看到无名氏《古诗十九首》中的第一首，我的心就停止了跳动：

行行重行行，与君生别离。

相去万余里，各在天一涯。

道路阻且长，会面安可知？

胡马依北风，越鸟巢南枝。

相去日已远，衣带日已缓。

浮云蔽白日，游子不顾反。

思君令人老，岁月忽已晚。

弃捐勿复道，努力加餐饭。

这一定是她写的。这是一首思念的诗，她在怨我，但很轻微，她似乎有点不舍得太重的埋怨！我一下子就认出那是她的话语，她很体贴，她会写诗，她知道我身体不太好，经常劝我按时吃饭，而且一定要喝粥……我记起她送时我的情形，我们一直走，一直走，芳草碧连天，她舍不得回去，直到我坐上马车，绝尘而去！她站在原地，变成风中的一株草。

"行行重行行，与君生别离。"我在心里默念着这句，感受到她的一万种不舍和难过。

我竟然真的没有回来！

"思君令人老，岁月忽已晚。"她等了我一辈子！

我用嘴衔着馒头，左手拿着书，右手在无名氏的名字上摩挲——我连她的名字也忘了，而书中竟也没有留下她的名字，也许是她不愿意留下名字。我唯一能想起来的就是她送别时交代的那句话："要好好吃饭，不要饿坏了自己。"我忽然就湿了眼眶——隔着书本，两千年前的她在思念之际也开始劝慰已经憔悴不堪的自己，"弃捐勿复道，努力加餐饭"。她是抱定了主意要好好等下去的，可如今她呢？她在何处？

我之所以突然又想远行，其实是抱着一种天真的幻想：我会不会再一次出门以后，在陌生的旅途，忽然就到了一个熟悉的村子，会有一条熟悉的如同自己手掌纹路一般的小路，自动带我来到一个门前？一个两千年前的院落，那里梨花满地，然后开门的就一定会是她？那个等了两千年的她？那个含泪写出"与君生别离"的她？她一定还是那娇俏模样，在缝着衣裳，窗外有溶溶月色，窗里一灯如豆。她看到我会不会哭，又会不会笑？到底是先哭再笑还是先笑后哭？我突然又对这次远行充满了担忧：我该如何去面对她？

我所想的远行到底是一种出发还是归来？又何况人生如寄，梦里不知身是客，我怕这一次远行，又将是和现在的我一别两千年。

二

可是，我又看到一首诗，让我一下子疑惑了：

> 青青陵上柏，磊磊涧中石。
> 人生天地间，忽如远行客。
> 斗酒相娱乐，聊厚不为薄。
> 驱车策驽马，游戏宛与洛。
> 洛中何郁郁，冠带自相索。
> 长衢罗夹巷，王侯多第宅。
> 两宫遥相望，双阙百余尺。
> 极宴娱心意，戚戚何所迫？

这是谁写的诗？这分明是一首想"回去"的诗，"人生天地间，忽如远行客。"远行客终归是要回去的。所以写这首诗的人，是一个出了远门的人，是懂得及时行乐的人，又是一个有着很深的忧愁的人——我不知道他到底想不想回去。而且，这人一定是个男子。难道？——嗯，是的，你没猜错，这一定是我写的。我那次出远门，今天在宛城游玩，明天在洛城游玩，我带的盘缠很多，我那小娘子交代我出门就不要怕花钱，可纵是她把私房钱都交给我了，还是不够我用的。我和几个新结识的朋友划拳行令，就着花生米或豆腐喝着薄酒，偶尔也坐着破马车来往于洛城和宛城。我在洛城看见很多衣着华丽的人，看见高大的宫殿，如梦中仙境一般美。在诗的最后我可能忽然想起了什么，所以一种莫名其妙的忧愁攫取了我的心，但我不知道原因，只是觉得，这样优哉游哉的日子，为什么会忽然有了忧愁呢？我一定忘了自己应该回去了，一定是乐不知返，但又隐隐约约觉得有什么人在哪里等我。可是到最后也没有想起来，所以这首诗就在那种莫名其妙的忧戚中结束了。

我突然明白我写这首诗时的心情了，我在宛城和洛城乐不知返，却又在潜意识里觉得自己应该回去了，但不知道该回哪里去，我忘了我的出发地的草青日丽，忘了那个在等待中日渐憔悴的面容。

我看完这两首诗，馒头也吃完了，忽然对身处的时空有了怀疑。

如果手里还有现代化的放了增白剂的馒头，我还好确认时代，可馒头吃完了。窗外月色很好，这是个停电的晚上，我在秉烛夜读，一只野鸟从开满耀眼桐花的桐树上扑棱棱飞走了。

三

　　我突然怀疑这一切的真实性，我是不是在做梦？当我信手翻至后面的一首诗时，我觉得我又被一首诗嘲笑了。

　　　　生年不满百，常怀千岁忧。
　　　　昼短苦夜长，何不秉烛游！
　　　　为乐当及时，何能待来兹？
　　　　愚者爱惜费，但为后世嗤。
　　　　仙人王子乔，难可与等期。

　　这是谁写的诗？他怎么知道我现在在秉烛夜读？还想让我举着蜡烛去外面游逛一番。我转念又一想：难道这首诗意在告诉我有什么宝贝藏在一个神秘地方？我出去一定会被绊倒，然后绊倒处就会有金子闪光？"何不秉烛游？"这一定是某种暗示！

　　此诗结尾还告诉我，不要妄想做神仙，那几乎是不可能的，不是谁都能成为王子乔，所以要珍惜今生今世。

　　我觉得后背有一股浪漫主义的凉意。

　　我终于没有远行，而如今，时隔二十三年后的一个春夜，我再一次拿起那本纸张泛黄的书，又一次读着《古诗十九首》，又一次想起我当初在书中遇到她时的情形，又一次想起我遇到书中的我时的情形，又一次对于自己身处何方要到何处感到深深地疑惑，又一次感受到那种无处排遣的寂寞！

这一切，莫不是十九个绮丽的梦？

之所以在一本小小说集的开头写下上面这些文字，我是想说，这本集子里的小小说的来源，的确是一个又一个梦，从少年时代就做着的梦，从遥远的两千年前就做着的梦，随着《古诗十九首》里那个男人的远行，这些梦就开始了。我一直认为，《古诗十九首》就是一部古代的故事集，里面有饱含两千年的痴情和哀怨的女子，有回头的浪子，他们有的留在了两千年前，有的却随着我寻寻觅觅来到今生！

其实，我一直以为我的第一本书是诗集，现在都第二本了，却还是小说集，莫不是，那些诗，都转化为了小说？或者说，在这七十多篇小小说里，藏着一首一首未曾分行的诗？

这本小说集不是一个人写的，是好多个陈小庆写的，是两千年前的陈小庆和两千年来的许许多多陈小庆写的！

"幸福的瓷器"是什么？也许是永远不会摔破的瓷器。一件瓷器，要吸收多少尖叫，才能成为绝世珍品？它要努力积累多少悲伤和快乐，要努力忍住多少次想要尖叫的冲动，才能流芳百世，才能获得永久的幸福？"幸福的瓷器"，大概是永远沉默着，不曾尖叫的瓷器吧！

千年的沉默有多么美？你可以去博物馆看看那些瓷器。千年的梦又有多辽阔？你可以试着打开一本书……

目　录

第一辑　大河

第二辑　幸福的瓷器

第三辑　你的那棵树

第四辑　在河之洲

第五辑　人间喜剧

第一辑　大河

大河

　　父亲对待孩子们很严厉，他有一把戒尺，据说是祖传的家法工具，写不完作业要打五十下手心，睡前不背会一首唐诗要打五十下手心，而如果因为上课不听讲或旷课或打架骂人被老师叫了家长，则至少打一百下……

　　戒尺放在堂屋的条几上，父亲几乎每天都会拿起来把玩，让孩子们看见就想起自己还有什么事情没有做完或做好。

　　树秋和姐姐每一天都过得小心翼翼，但还是免不了要挨戒尺。

　　"你家孩子可真懂事！"每一次带孩子们去外面做客，父亲都会听到这样的赞美，他总是笑笑，一副心满意足的样子。而树秋和姐姐则谨小慎微地靠在墙角，完全没有那种年龄的孩子应有的顽皮和天真。父亲教育他们不要羡慕别人，不能动别人家的东西，别人吃好吃的也不要眼馋，不要浪费粮食，不要挑食！要有志气，所谓人穷志不短。是的，他们家比较穷。有一次树秋嫌父亲中午做的水煮面条不好吃，偷偷倒给了黄狗一半，结果父亲发现了，打了一百下手心，还没让吃晚饭，说树秋是饿得轻，再发现浪费粮食打两百下，并说狗只能喝涮锅水，只能自己去寻食吃！

姐姐除了上学，回家还要帮母亲做家务。那个星期天天气晴好，母亲就让姐姐去河边洗衣裳。姐姐用大铁盆端了要洗的衣服，树秋也跟着一起去河边玩。丹河的水很清，流得不急不缓，在蓝天下泛着粼粼波光，不时还能看到一拃长的鱼，但往往倏地一下就不见了。母亲交代树秋不要玩水，危险，也交代姐姐看好树秋，树秋很听话，母亲其实是放心的。

但意外还是出现了。姐姐一件一件把衣裳都从大铁盆里拿出来洗，湿上水，放在一边的大石头上，喊树秋把铁盆拖到自己背后。树秋那时正在河边石头下找螃蟹，不知是没有听见还是贪玩，反正没有去拖大铁盆。姐姐看了看树秋，继续洗衣裳。远处也还有两三个妇女在洗衣裳，那时姐姐已经十六岁了，树秋也十二岁了。别家的男孩子像树秋这么大的都是正调皮呢，树秋却很是安生，他够听话了。这一点爸妈和姐姐都承认。

可是这次因为树秋没有听姐姐的话，及时去拖开大铁盆，姐姐又只顾埋头搓洗衣裳，水流竟一点一点漂走了大铁盆。等到姐姐发现时，大铁盆已经漂很远了，快到河心了，她大叫："铁盆!"树秋这时也发现了，就要往河里跑去捞大铁盆，姐姐一把拽住了他。

"姐，大铁盆要是没了，爹会打我们的!"树秋都急哭了。

"打就打，反正你不能去捞！"姐姐紧紧拽住树秋。眼看着大铁盆越漂越远，终于在水波中一歪，沉没在河水最深处……

"姐……怎么办？"树秋望着大铁盆沉没处难过地问。

"我也不知道怎么办……"这时候姐姐的声音也变了，她也哭了。

这个大铁盆还很新，是去年在母亲的强烈要求下父亲才同意添置的，可现在说没就没了。别说爸妈难过，也别说回去要挨打，姐弟俩现在都难过得很，单纯为失去大铁盆都难过得很！他们已经养成勤俭节约的好习惯，会爱惜一针一线，更不用说那么大的铁盆了。

姐弟俩抱着一堆衣裳回到家，身上也被刚洗过的衣裳弄得湿淋淋的，母亲正在喂鸡，看到姐弟俩，忙停下手中的活计，问："盆呢？咋没把盆抬回来？"

姐弟俩又一次哭了。母亲慌了神，问是遭人讹走了还是什么？

姐姐哭着说她没注意让水把铁盆冲走了。

父亲坐在屋里，他应该也听明白了。他沉默着，并没有出来。姐弟俩等着挨打，提心吊胆一直看着父亲的脸色，连母亲端上来的午饭都吃不下。

很多年后姐弟俩想起那个中午，都难以忘怀。一家人沉默着，父亲发话了："都吃饭吧！"才都敢吃。那天母亲做的饭是白菜五花肉捞面，他们好久都没有吃过肉了，可姐弟俩居然没有吃出香味。

父亲没有用戒尺打姐弟俩，一下也没有，他甚至看都没看戒尺，连骂一句都没有，还制止了母亲的唠叨。他说："铁盆丢了就丢了，你俩平安回来就好！"

父亲接下来对母亲说了一句让姐弟俩一辈子忘不了的话："如果因为铁盆被水冲走打孩子的话，以后遇到类似情况，孩子们很可能会做出冒险下水去捞铁盆这样的事。"

后来姐弟俩再也没有挨过父亲打，四十年过去，父母亲也相继去世了，只有大河的水日夜流淌，姐弟俩永远都记得河底有一个大铁盆，是他们家曾经很宝贵的物件。

（原载《嘉应文学》2019 年第 4 期）

古坛记

老顺头年轻的时候，跟着父亲走南闯北，贩瓷器卖布匹，很是赚了些银钱，他家的三进青砖大瓦房院落，是方圆五十里最漂亮的。老顺头为一镇首富，平日里却甚是低调，后来他儿子参加了八路军，他们捐出来所有家产，只保留五间上房，老顺头从镇上首富到平民百姓，一点都没有觉得失落，过去他喜欢喝点小酒，现在不喝也就不喝了，也喜欢抽洋烟卷，现在旱烟袋也能抽出神仙之风。

老顺头六十岁时，身体还非常棒，下地种红薯并亲自在院子里挖了个红薯窖。红薯窖挖好后，老顺头却没有表现出应有的开心，谁也不知道为什么，老顺头明显没有过去干劲大了，旱烟袋抽得却更猛了。有人说他是累的，倒是老伴看出了老顺头的心事，有一天夜里悄悄对他说，你是不是听咱爹说过啥？

老顺头看瞒不住老伴就说，其实我不是在乎地下有没有东西，不过真没有的话，还真让人有点那个……说到这里老顺头就不吭声了。

　　五间上房后面是个七尺宽的天井，人迹罕至，除了一棵高大的臭椿树，一无所有，秋天落的叶子到春天时还厚厚地在地上铺着。

　　十岁的孙子小羽却喜欢去天井里玩，一个雨后他拿着铁铲挖蚯蚓，挖着挖着刮到了一个缸沿，很好奇，就接着挖……

　　小羽拉爷爷来看他画的世界上最圆的圆，老顺头一下就发现了问题，根据祖上的习惯，祖孙两人很快发现了一百个银圆的藏身之所——当然不在缸里面，缸里什么都没有——围着缸沿转了一圈，正南边两步远三尺深的土里有一个小坛子，小羽最先发现小坛子，他说："又有个小圆。"

　　"别给你爸爸妈妈奶奶说……"老顺头先说了这一句，其实爸爸妈妈那时在遥远的地方上班，难得回来，爷爷主要是不让给奶奶说。老顺头把银圆装在一个布袋子里，藏在了接近屋后檐的乱石堆里，小羽都够不着。

　　"小子，等你长大了娶媳妇用！"老顺头对孙子低低说道。

　　但小羽哪里等得了那么久？再说了，娶媳妇，小羽当时一点都不感兴趣！老顺头把银圆放得小羽够不着，小羽倒非常开心：因为小羽知道自己够得着！

　　小羽喜欢吃零嘴，隔一段时间，他就会去摸一个银圆，去邻村的供销社换好吃的，这样的日子持续了很久……

　　老顺头挖到银圆，明显精神了，时常喝点瓶装酒，抽点纸烟，他又喜欢穿好衣服，不干活时就穿着只有在过年时穿的衣服，这样还不行，不久他又穿了一套呢子大衣。有一天小羽去摸银圆时，发现袋子不见了。他竟不想去问爷爷，他怕爷爷发现他一直关注银圆，更怕爷爷发现他够得着银圆的事儿，他要装作自己像对娶媳妇不感兴趣一样对银圆也不感兴趣。

　　果然，过了几个月，小羽就把摸银圆的习惯给忘了，毕竟找了几次没找到，就不再感兴趣了。小孩子总会被新事物吸引，这件事渐渐变成了童年回忆。

　　二十二岁的春天，已经做了镇上税官的小羽从外面回来，和老顺头在老宅子的暖阳下唠嗑，看四下无人，小羽突然问了爷爷一句："咱们家那些银圆还有吗？"

　　老顺头此时已七十多岁了，身体依旧硬朗，一顿还能吃一整只烧鸡。爷爷拿眼斜了小羽一下，似乎笑了："咋，你还想花这钱？也想收点税？"

　　小羽闻言笑了笑不再问了，爷爷也没有再说什么。

　　两个人在午后安静的阳光下各自想着心事。

　　"有对象了没？"老顺头突然问小羽。

　　小羽摇摇头说："还没。"

　　小羽刚刚参加工作，老顺头倒也不急。

　　小羽二十五岁时结婚了，最高兴的人是老顺头，他说他马上就要四世同堂了。

　　老顺头拉着小羽和小羽媳妇的手，说要给他们点东西。小羽看着爷爷从那个散发着古老的檀香味的箱子里拿出一个小布袋子，便明白了，果然是银圆！

　　老顺头没有看小羽的眼睛，他望着小羽媳妇说："这是以前留下的，今天就都给你了……"

　　小羽媳妇不敢收，但看着爷爷坚决的眼神，就收下了。

　　小羽和媳妇数了银圆，整整一百个，心里不免疑惑：自己当时拿了很多回，少说也得三四十个吧，其实爷爷抽的纸烟喝的瓶装酒和穿的新衣服，小羽猜也是拿了那些银圆换的，那袋银圆后来肯定是没了，怎么十几年过去了，现在还有一百个？难道爷爷自己后来又发现一袋？不可能呀，他和爷爷后来又一起翻遍了那个天井的每一寸土地；难道是从四处游走推销古玩的人手里购买的？对于这袋重现江湖的银圆的来历，小羽思索了很久。想到古玩，小羽突然想起装银圆的小坛子，爷爷莫非把那个坛子卖了个大价钱？可是很快他就在爷爷的条几上看到了那个古老的坛子，里面插着一束塑料花。

　　是个晴朗的秋日午后，老顺头在屋檐下晒太阳，小羽手里拿着一枚银圆，走到大门外一个石磉前，他把银圆放在掌心，猛地拍向石磉，银圆应声变成两半……

　　小羽后来十分后悔那个举动，据他说，一向身体很好的爷爷，从那以后，再也打不起精神了……

（原载《山西文学》2020 年第 1 期）

1970 年的洪水

1970 年的夏天异常闷热，小玲子那时十二岁，这个暑假是她心情最好的暑假，因为她小学毕业了，没有暑假作业，9 月份开学就要上初中了。

另一件快乐的事情是：暑假里她学会了骑自行车，一辆破旧的不知来自何处的自行车成了她这个暑假的好伙伴。她稍作练习，居然骑得很好，而且是坐在座上骑的，所以对于那些掏大梁的骑法很是不屑。

她几乎承包了所有跑腿的事情，当然是半里地以外的事情才算跑腿，像打酱油买盐巴这类家门口的事情是不用蹬自行车的，她也不屑于去的。

暑假里小玲子吃过一根冰棍，她所向往的暑假美食除了冰棍就是西瓜。可是由于爹卧病在床，家里买不起西瓜，所以小玲子只能等，等西瓜从天而降——虽然她也知道西瓜是从土地里长出来的。

7 月末的一个午后，小玲子午睡醒来，看到家里油腻的小饭桌上放了一个圆滚滚的黑皮西瓜，家里安安静静，西瓜真的是从天而降吗？

她很懂事地问爹："今天有西瓜吃了吗？"

卧病在床的爹叹了口气说："这是你大姐刚才拿来的……"

小玲子知道，大姐有钱，只有大姐能买得起西瓜，大姐一定是中午饭后来的，她一般不在这里吃饭。

"一夏天没有去你姥姥家了，你姐又去干活了，你把西瓜给你姥姥送去吧！"爹说道。

"啊！"小玲子一听，几乎不敢相信自己的耳朵，一夏天没吃西瓜了，等到自己家桌子上有了一个西瓜却又不让吃。可是小玲子知道，爹很孝顺老人，由于母亲精神方面有病，什么事情都不会打理，爹从来不亏待姥姥家，有什么好东西都是紧着姥姥家。

"等天凉快一点了再去，现在太阳太毒……"爹又交代了一句。

送西瓜到姥姥家，小玲子起初是很不情愿的，虽然她喜欢骑自行车跑腿，可是要把期待已久的西瓜送出去，她还是万分不舍的。可是她转念一想，笑了，她又愿意去送了，又开始盼望太阳快点落山。

没有等到太阳落山，天突然变阴了，大团大团的黑云压了过来。小玲子就告诉爹，去给姥姥送西瓜了。爹交代了一句路上骑慢点，就让她去了。

　　西瓜装在一个大斗篮里，用麻绳拴在后架上，小玲子慢慢踩着脚踏板，身轻如燕地飞身上了车，冲出了小街。远处有隐隐的雷声，但她的心情是非常愉快的。是的，她想到，如果自己把西瓜送到姥姥家，姥姥家那时一定该开晚饭了，如果姥姥切开了西瓜，自己就可以吃到西瓜了，这个想法让她心情莫名大好。

　　自行车飞奔时带的风暂时让人容忍了这个闷热的夏天，小玲子满含兴奋地往姥姥家的村子奔去。

　　不久，就到姥姥的村子附近了，小玲子从东往西走，要从一个石河桥下经过，这是一个干涸的季节河，久旱使这里常年无水，桥下已被人们走成一条主干道模样了。

　　小玲子下坡时想起爹的提醒，就抓紧了车闸，一点一点往下溜。她突然听到马车飞奔的声音，循声望去，一辆载着几个人的马车由南而北在河道里飞奔，可奇怪的是马车夫仍然一鞭紧似一鞭地抽打那马屁股，小玲子顿时感到不对劲儿。她往北看了一眼，北边那是什么？像弹棉花一样，一涌一涌而来的是什么？她很快明白了，赶紧掉转车头。她刚返回坡上，1970 年的洪水就从河道里滚滚而过，水面上漂着一些包裹或柜子，竟然还有一头猪……

　　惊魂未定的小玲子看着突然而至的洪水，万分感谢那辆西去的马车。不是那辆马车引起她的警觉，她估计就被洪水冲走了。

　　看看西瓜还好好的，小玲子决定绕道桥上去姥姥家。

　　到了姥姥家，小玲子有一种劫后余生的豪迈感，她把西瓜交给姥姥，把空斗篮放回车后座。姥姥家的院子里此时还有一个男孩，和她一样大，是二姨的儿子。

　　小玲子发现他们都吃过晚饭了，姥姥面无表情地听小玲子讲了一路的惊险，小玲子却一直盯着那个大西瓜。看样子姥姥没有要切瓜的意思，小玲子就打算回家了，虽然有些失望，但今天经历了那么惊险的一幕，也就不想那么多了。可是姥姥洗了西瓜，并拿出了刀，一刀下去，西瓜被切成了两半，小玲子原本失望的心一下子就又提上来了，姥姥切了薄薄的一牙，小玲子心情别提多么激动了，姥姥一定是要犒劳她这送西瓜的功臣，要知道，这可是今年第一次吃西瓜呀，这个西瓜样子又那么好，红红的瓜瓤，黑黑的瓜子……

　　姥姥给那个男孩递过去一牙西瓜，就停止了一切动作，似乎她没什么要做的了。小玲子在姥姥把西瓜递给姨妈家的男孩时，只好想先吃后吃无所谓，可姥姥停止了怎么办呢？

　　她便提醒姥姥说："姥姥，我走了……"脚却一动也不动。

　　姥姥点点头，眼睛并不望向她。

　　小玲子还是回去了，没有吃到西瓜，似乎比今天躲过洪水的事情还重要。她不敢原路返回，就绕远找了条安全的小路回家了。

　　四十多年过去了，1970年的洪水，总是和一个圆滚滚的西瓜在一起，骑自行车的快乐早已烟消云散，可那红瓤黑子的西瓜却一直萦绕在脑海。她经常想：如果没有那个西瓜，那一年的洪水，她早就忘了……

（原载《嘉应文学》2019 年第 4 期）

借钱

　　1958 年的国庆节前一天，国棉四厂到处洋溢着节日的气氛。

　　"梅子同志，借我一块钱，有急用！"办公室的李昊对梅子说。

　　他从未向她开过口，两人也只是认识三个月罢了。但同在一个办公室，难不成他为了这一块钱，会跑了？

　　梅子想了想，拿出口袋里仅有的一块钱给他，没有问他做什么用，他也没说什么时候还，拿着钱就跑了。梅子觉得是不是不大对劲儿？对了，忘了让他打个条了，不过，就一块钱，打个条也太……

　　国庆节过后，他没来上班，梅子的心就开始不安起来——难道他真的跑了？为了一块钱，连这国营单位的正式工作都不要了？可能性太小了吧！

　　又过了两天，他来了，见了梅子"呃"了一声，就过去了，丝毫不提还钱的事儿，难道他忘了不成？

"这几天你去哪儿了？怎么没来上班？"梅子晃到李昊办公桌前问。

"我，给主任请了假了，我兄弟结婚！"李昊言简意赅，并不提还钱的事，让梅子心中有些不快，但一块钱，不值得说太明了，那样太小家子气了。

于是每天，梅子都会在李昊面前多晃两圈，有时是聊天，有时是让他帮忙看一下文件里的错别字。又有时，梅子会给他送几颗花生，或是一块柿饼。所有这一切，都是为了暗示他：你怎么不还我那一块钱？

可李昊，只是很开心地看着她，热情地和她聊天，帮她改错别字，心安理得地吃她的东西、拿她的茶缸喝水，丝毫不提什么钱不钱的。

李昊对面的老刘就笑他们两个，说："俩人好得都用一个茶缸喝水了——"

梅子的好友小叶也笑着对梅子说："这小伙不错，加油！"

梅子嘟囔着说："他还不错？他欠我钱——"

当同志们都以为李昊与梅子恋爱了时，他俩也真的开始恋爱了……

李昊开始给梅子捎吃的，都是一分两分的小玩意儿，梅子吃得很开心，但不时问他一句："这都是哪儿来的钱呀？"

李昊只是低声下气地笑……

梅子就说："别忘了，你——"终于没有明说。

这年冬天，两人就结了婚。

然后生了孩子，好多年过去了……

梅子从不忘提醒李昊半句："别忘了，你——"仍是不明说。

1992年，李昊退休后下海经商，赚了很多钱，买了洋房小车，梅子还是不时问他一句："这都是哪儿来的钱呀？"

李昊只是低声下气地笑……

好多年过去了，两人垂垂老矣，李昊仍是给梅子递小零食，是三块两块的那种小玩意儿，梅子吃得很开心——她虽然年老，但牙口特好——只是不时问他一句："这都是哪儿来的钱呀！"

李昊只是一个劲儿地笑，声音苍老，皱纹满脸！

2017年冬天，李昊临终前，拉着梅子的手，在她耳边轻轻地说："梅子同志，我感到这一辈子特别短，可是我想，我还是得走——"

"不，你不能就这样走了——"梅子大声说，仍没有说还钱的事。

李昊叫大儿子过来，对他说："儿啊，我欠你妈的，这辈子我是还不了了，你和你妹一定替我好好照顾你妈……"

"你欠我妈什么啊？"大儿子莫名其妙地问。

"很多，很多……"李昊说完，溘然长逝。

"你不能走，你还欠我一块钱哪——下辈子你得还我！"梅子伏在李昊身上，泣不成声……

每天，梅子总会在李昊的遗像前晃两圈，就像当年，提示他还钱……

（原载《奔流》2017 年第 2 期）

镜子

位于小城繁华地段的一家小饭馆，两间门面，菜很精致，屋子收拾得干干净净，如小家碧玉一样。长得精致，但缺乏一种豪气，和那些大家闺秀似的大酒店没法比，这大概就是老板在此经营近三十年一直没有发大财的缘故吧。

这天，还没有到饭点儿，进来一个人，让小饭馆忽然一亮，这难道就是传说中的蓬荜生辉？来的是一个绝对称得上贵客的人物。

这是个大概五十岁的男人，他慢慢踱到一张饭桌边，坐下，老板迎上来，问他吃什么，他要了一份饭店久负盛名的烩面。

那弥漫着香油香菜香热腾腾的汤，那爽滑筋道的面片儿，吃了一口满口生香。

贵客吃完面，付了账，并不走，直盯着饭馆墙上的一面镜子。

镜子上红漆隶书写着的"开业大吉"的字已经很模糊了，镜子隐约可见水银暗花，是喜鹊登梅，实在是一面很普通的老物件儿了，但老板一直保留着，还常常为它拂去灰尘。

"……老板，你这镜子卖给我吧。"贵客沉吟了一下开口道。此时饭馆没有别的食客，他的荒唐请求没有造成太大的波澜。

老板正在收拾桌子，忽然就愣住了，似乎耳朵听错了。自从股市大牛大熊之后，他还从未听说过有什么好事和自己有关。这块镜子，几年前，儿子们就想让他扔掉，他也没有当回事儿，一直忙着，一直还挂着。现在，却有人，有这么个贵客，指名要买。

难道现在是个旧东西就值得收藏？老板心里嘀咕，他早听说有人收藏旧桌椅板凳、砖头瓦块儿，就连破床单枕套都有人收藏。他说："收藏？我懂，这镜子可是三十年的老货了。"

"你想要多少钱？"贵客一笑。

看来没错，这么有钱有身份的贵客是不会看走眼的，这镜子一定有不知的价值。老板越发不知如何是好了，不卖吧，实在也不知能有什么好处。卖吧，开什么价呢？要多了，比如要三千五千，让人家笑话；万一要少了，亏了呢？

"嗯，我想和孩子们商量商量……"老板犹豫着。

"好，我等着。"贵客没有走的意思，一副不拿走不罢休的样子。

"不好意思，孩子们都不在，明天，明天给您回话怎样？您留个电话……"

贵客递上来烫金名片，老板收好。

晚上，孩子们被他叫过来，很隆重地开了个会。商量来商量去，大家都把镜子看了好几回，没发现异常，老二说他们单位仓库里好像也有一面这样的镜子。老板还回忆了当初几个朋友送镜子来时的场面，那几个抠门的家伙，别的都没带，就凑了十块钱，买了这面镜子，混了好几顿酒喝呢！

"最好的办法，是我们找几个收藏家来看看，看人家能出多少钱。"大儿子在市里开服装店，算是最精明的了。

几个有点名气的收藏家听说有面宝镜要卖，陆续赶过来。但看到镜子，纷纷一笑置之。老板让出价，都"嘛"了一声，只有一个最后说："瞎耽误工夫，这镜子，我有你要吗？收破烂的都不要。"

第二天一早，心里疑惑不已的饭馆老板打通了贵客的电话。

贵客马上来了，老板咬牙要了两千块。贵客笑了笑，没有犹豫，让司机把钱如数付了。

老板拿着钱，坠入五里雾里：是不是自己要少了？

贵客将镜子镶嵌在自己别墅书房的东墙上，他坐在藤椅上，凝望着这面旧镜子——巧珍出现了，二十多年未见，她还是那么年轻。只见她轻咬着筷子，伸手拢了拢长长的头发，面前的烩面冒着热气。那时他俩爱去这家饭馆小坐，合吃一碗烩面……

（原载《百花园》2015 年第 12 期）

嫁妆

时间真不是开玩笑的，想说些什么往事，一开口竟都是"几十年前……"，让人心中顿时一凛！

记得三十年前，我住在河西，那时我上初二——啊，学生时代都过去那么久了！有个周末，我一个人在家无聊，就想着玩扔飞镖，当然是玩具飞镖，是塑料的带吸盘的那种，往大立柜上扔，后来嫌不过瘾，找来一把小水果刀——那种挺沉挺厚实纯钢的小刀。捏着刀尖往大立柜上甩，小刀在空中翻转了几下，"当"的一声，很沉稳的声音，稳稳地扎在了大立柜上，刀身还轻轻晃了两下。那种感觉比玩具飞镖好多了。

隔了两天，老妈正打扫卫生，突然厉声喝道："过来！"我正在专心抄同学的作业，第一声自然没听清，老妈又大喊了一声："你给我过来！"我才抬头应答。看到老妈在大立柜前站着，我顿时想起来什么了，便装作一无所知的模样问："干啥?"

"大立柜上是怎么回事?"老妈问，原来老妈拿抹布擦到大立柜时发现了那些密密麻麻的刀伤！

"大立柜？大立柜咋了？"我仍是一副不知所云的样子望着老妈。

"你过来……"我只好硬着头皮走过去。

"你看看……"老妈指着大立柜上的刀伤给我看。这大立柜可是老妈的嫁妆啊，虽然十几年了，漆面依然明镜一般，可是现在有了那些麻坑……

"咦，可不是，大立柜上咋有这么多小坑？"

"说，你啥时弄的？"

"……我？"

"前几天我擦洗时还好好的，今天咋成这了？昨天家里就你一个人……"

"不是昨天……"我忙分辩。

"那是哪一天？"我明白自己说漏了。

"我本来是用塑料飞镖玩的……可是玩着玩着，拿错了……"我挠着头咕哝着。

"你……"接下来的那些话就不用转述了，反正就是我如何如何不懂珍惜东西，一切财物来之不易，小时候不珍惜，以后会吃亏……老妈一边说，还一边拿扫床小笤帚照我屁股上打。打着打着，老妈看我无动于衷，就觉得打得太轻了，便真恼了，气急败坏地跺了我一脚，我一下子就趴地上了……

我终于流下了泪，哭着说："我错了……"老妈才住手。

谁知过了两星期的样子吧，老妈又打扫卫生，拿抹布擦到大立柜时，又是一声惊叫："这，你过来……"

我又在专心抄同学的作业，这一周没干什么坏事，我问心无愧，所以听到老妈叫我就赶紧答应了，她让我过去，我就过去了。到了那里，她拿出早就准备好的小笤帚，照我屁股就是一阵猛打，嘴里还说着："这大立柜是咋回事？怎么那么多坑，一定是你费气弄的……"

"是我，是我……"我承认着。

"你还大言不惭，你破坏东西很光荣是吧！"老妈越打越气，眼看就要换擀面杖了，我忙说："妈，你不能因为这件事一直打我啊！"老妈愣了一下说："什么叫一直打？不就是因为发现了才打吗？"

我忙提醒道："妈，难道你忘了，因为大立柜的事，你已经打过我一次了！"

"是吗？"老妈将信将疑地望着我。

"是啊！"我看到老妈居然真的忘了，顿时有一种白挨打的委屈，于是我将上次她先拿扫床小笤帚照我屁股上打，又恶狠狠地踩了我一脚的事情绘声绘色地给她讲了一遍。

"不过也不白打你！"老妈说了，我顿时心下一喜，看样子有补偿。

老妈接着说："多打一次才能让你长记性！"原来所谓的不白打，不过如此！

不过，老妈也真的没有白打我，后来我再也没有破坏过东西。

现在老妈还经常提起那次扔飞镖的事，经常说起现在仍保存在老院的她的那些嫁妆："那几大件：梳妆台最漂亮，写字台最结实，缝纫机最现代化，大立柜最沉……唉，那么好的漆面，如果不被你扎成坑，还能好看几十年……"我惊讶于她的记忆力——原来她的记忆力真的是很好的。

布谷声声

早起，新子先浇了院子里的盆栽，然后坐在那里，观察那些花结了苞又一朵一朵悄然开放。起初，他本能地想摘下一朵最美的，又苦笑着摇摇头。他骑着电动车去买菜，打开小餐馆的门，开始一天的忙碌。

此时，正是初夏最好的时候，全世界所有角落都那么美，新子却感觉不到一丝欢乐，每天都在痛苦中度过。

原来小厨师新子失恋了，他难过地切着土豆丝，切着洋葱，切着胡萝卜丁，切着肉片和肉丝……

当代各种好为人师的哲人通过各种渠道对新子说，最好的爱情是使一个人变得更好。他却发现，自己在和小叶相处的几年里，没有变得更好，是不是该反思自己了？小叶的各种不耐烦历历在目，自从离开她离开家乡去南方闯荡，夜深人静时他常这样想，两个人发生了为数不多的几次争吵，就永远地沉默了。

过去，新子再忙也想联系小叶，现在再闲也不想联系她，宁肯自己一个人傻傻地坐在出租屋前的院子里看风吹盆栽。有时拿起手机录下一段风吹盆栽的视频，录了又删掉，再不去想和小叶分享。曾经，他告诉她自己种了什么新的花草，她都会欢快地大叫夸他好棒。她也不会再喜欢这些了吧，新子想。渐渐地他明白了，他们是无声无息地悄然分手了。如果不喜欢一个人，你发什么她都是无所谓的，过去发个最无聊的表情都会引她开心，现在真的是什么都无所谓了。

又是一个美妙的春天的早晨，他给新买的文竹录制视频的时候，突然想起很久没有吹过的口哨，就学着布谷鸟的叫声，吹了几下，然后回看视频。微观的视频里，一切都那么巨大：苍山长满了青苔，微风吹着高大的松树般的文竹新长出来的绿油油的叶子，布谷鸟深情地一声声鸣叫着："割麦种谷，割麦种谷……"微观的视频里，岁月那么宁静，仿佛永恒就在这里，看着看着，从不流泪的新子竟湿了眼眶。

他这次没有犹豫，把视频发给了她，在发出后的一瞬间，他又撤了回来，他重新又录了一次，这次效果其实没有刚才的好，但他很喜欢，于是就把新录的发给了小叶。第二天他才收到她的一杯茶（表情）。可他习惯了，并没有多么难过，原来自己真的会习惯。他为自己能够习惯冷漠，难过了那么一下，又思忖小叶有没有听自己吹的口哨，想问一下，却终是没有问，也许即便是问了，小叶也不会告诉他真相。

他重新振作起来，因为他突然找到了一种自己喜欢的生活方式。于是，每到一个地方他都会录一段视频，在花田在稻田在树林在一切美的地方，配上布谷鸟叫的口哨声发给她。虽然，她不在身边；虽然，不知道她听了没有，他却感觉很充实。

令人悲伤的是，小叶从来没有看完他发来的视频，从第一次就没有看完，她知道永远是无聊的布谷鸟的鸣叫，常常没看就删掉了。要是过去，小叶不仅会看完，还要一遍一遍地看。现在，她甚至不知道视频里的布谷鸟叫是他吹的口哨。

直到很久后的一天，小叶一个人非常无聊，鬼使神差地想起了他，就点开他刚刚发过来的视频：在一个茂密的树林里，溪水从石缝间流过，在人迹罕至的地方，布谷鸟深情地鸣叫着。这次小叶看完了，然后就哭了，她连忙翻找上几次他发过来的还没有删掉的视频，原来，他发了这么多，而且都是他自己吹的口哨，在布谷鸟鸣叫几次后，在视频的结尾，都有一句话：我喜欢你！

后来，她偶然看到一句诗，是唐代李商隐《锦瑟》中的一句：庄生晓梦迷蝴蝶，望帝春心托杜鹃。她知道布谷鸟就是杜鹃，但不知道杜鹃为何泣血，又为什么值得托付一番春心。这句诗让她一下子想起了新子和他的口哨声。此后又是很久，她一直想起的就只是那一句诗，想起诗就想起新子，后来偶然翻书，才看到全诗，她又一次发现自己犯了老毛病：过去看他发的视频，总是没有看完，这首《锦瑟》竟然也没有想起去看最后一句。

小叶这才想起：他好久都没有再给她发视频了，连一句问候也没有了。

　　小叶现在住在城里，很少听到布谷鸟的叫声。这年初夏，她和爱人参加了旅行团，在四川的丛林里，她突然被一种声音击中，丛林上空，无休无止地叫着："割麦种谷，割麦种谷……"和好久不见的新子吹的口哨一模一样！

　　"小叶，走啊！"爱人喊她了，她答应着，却没有挪步，她在等，等那布谷鸟叫完以后，后面会不会有那句四个字的话……

朝朝暮暮

　　"周教授，牵牛星和织女星有一天会相会吗？"下课后，那个叫秦梦瑶的女生又打着研究学问的名义和周教授套近乎，即使能多说两句话也会让这个小女生很开心。

　　周建斌教授年轻有为，刚过四十岁，就已经是国内很有名气的天文学专家了，在他所执教的大学里，从老师到同学，没有人不承认他是个作风正派的学者型人才。周教授为人低调，谦虚诚恳，长得又帅，系里系外都有不少倾慕者。但周教授从来不和那些年轻的女老师女学生多说一句闲话，更不会和谁出去吃饭唱歌——周教授从来就没有绯闻——也正因为这一点，那些倾慕者更加对他倾慕！

　　"牵牛星属于天鹰座，织女星属于天琴座，两颗星星之间的距离是16.4光年，种种迹象表明，两颗星星还从来没有机会亲密接触——这个问题我们不是都讨论过了吗？"周教授一边收拾讲义，一边对仰望着他的漂亮女生秦梦瑶说道。

　　"难道不会发生奇迹吗？"另一个叫李玉群的女生插问了

一句。

　　"是呀，比如天荒地老？海枯石烂？星星迷路？两颗星星既然叫牵牛和织女，是一定能够相会的……"秦梦瑶又上赶着提出猜想。

　　周教授笑了笑又摇摇头，没有再说什么，一阵风地离开了教室。

　　"周教授好像是单身呢！"李玉群对秦梦瑶说道。

　　"是啊！是不是为了做学问，连家都顾不上成呢？"秦梦瑶呆呆地说着，同时陷入无边的遐想。

　　"我看他对你挺有耐心的……"李玉群笑着打趣秦梦瑶。本来也就一句笑话，谁知秦梦瑶居然认真地问李玉群："你都看出来了？"并掏出小镜子左右照了两下。

　　"希望会有奇迹发生！"李玉群酸溜溜地走了，她心里也有些想法的。

　　这天，秦梦瑶失魂落魄地回到教室，下节就是周建斌的课了，要是往日，即便是身体不舒服，她也会打起十二分精神的，可今天却一直低着头，看都不看一眼同学们。

　　"怎么了你？哪里不舒服？"李玉群走过来关心地问。

　　"我本来不想来上课的……"秦梦瑶低声说道。

　　"为什么？下节可是周教授的课啊！"李玉群生怕秦梦瑶忘了，提醒道。

　　"别提他！"秦梦瑶忽然就生气了，站起来走了！李玉群好奇地跟了过去。

　　"你是不是向周教授表白被拒了啊?"李玉群想了想问道。

　　"啊!你胡说什么呢?"秦梦瑶吓了一跳,她看看四周,对李玉群耳语,"我并不喜欢他!"

　　李玉群笑了:"不信。"

　　"昨天晚上,我看见他和几个人在饭店吃饭!那些人都不是我们学校的,我坐在离他不远的一张桌子——我不能让他发现我啊,我就用帽子遮住一边脸,然后我一直看着他,我发现,他和一个女的眉来眼去……"秦梦瑶终于忍不住对李玉群说道。

　　"啊!"李玉群一惊,"不会吧?"

　　"看样子他们俩不应该很熟,开始俩人都客客气气的,那个女的应该有三十多岁吧,他们以为别人看不出来。也许我那个角度是最佳观测点儿吧,我看到他俩的表情了,别看他俩之间话不多,绝对互相感兴趣,绝对暧昧,绝对说不清楚!"秦梦瑶气呼呼地说道。

　　"是你嫉妒那个女的,所以才会往那方面想吧!周教授可是很正派的。"李玉群不会乍一听就信了的。

　　"要说也不能光看表情,是吧——可我看见那个女的在桌子底下踢老周的脚了,并且踢过之后,还给老周眨眼睛……"秦梦瑶不由自主地眨了两下眼睛。

　　"那老周什么反应?"李玉群最关心这个。

　　"他,更可气的就是他,他居然对那女的很暧昧地笑了,并且,接下来,发生的事情——我都说不下去了,他,他居然也回踢了那女的一脚!”说到这里,秦梦瑶仿佛用尽了全身力气,坐到了台阶上。

李玉群一下子愣住了,她心里的痛一点儿也不比秦梦瑶少,心中偶像轰然倒塌——如果秦梦瑶所述为真的话。

“你说的千真万确?”李玉群再次向秦梦瑶确认。

“我发誓,亲眼所见,并无半点虚言!”秦梦瑶手指天空。

接下来是长久的沉默,两个人都没有去上周教授的那节课。

等她们回到教室,同学们都在议论,周教授的媳妇居然从美国回来了,是周教授亲口说的,奇迹发生了,牵牛星和织女星相会了!

寻找于庄

一

我们坐的是郜老师的车，一路狂奔，穿过村庄穿过城镇。

郜老师开的是现代车——写的也是现代诗。

因为郜老师是我非常敬佩的老师，所以我们话特别多。郜老师一边开车一边讲各种文学体会，还不时和同行的虞老师开玩笑。我们的车跑了很久，穿过村庄穿过城镇。本来跟着前面的车——同行的有好几辆车，可跟着跟着，郜老师说："前面那车，好像不是咱们的车……"于是，毫无悬念，在我印象里从来不善于辨别方向的郜老师放慢了车速，说："别急……"

我和虞老师根本没有急，郜老师明显是对自己说的。

郜老师一边慢慢地开车一边仔细地观察前面道路两侧的街景，许久恍然大悟似的说："才到哪儿呀，走，没事儿……"车速说话间又上去了，穿过村庄穿过城镇。

虞老师可能看出来问题了："老郜，你不会不认识路吧！"

公路上此起彼伏的喇叭声淹没了郜老师的回答……

二

"哎，王九，怎么又是这棵大槐树？我们刚刚是不是来过这里了？"我骑着驴问扛着梅花的王九。

"公子，这山中槐树多了，不可能是刚才那棵！"王九一边说一边在一块大石头上坐下来，看样子打算吃饭了。

"王九，这山中槐树虽多，可这树上刻的字难道也一样吗？"

只见那树上刻着：此路不通。我们刚才就是看见这四个字才扭头走的，没想到又遇到了。

"所谓山不转水转，树不转公子转……"王九四下一看大喜道，"此处风水极佳。恭喜公子，贺喜公子！"

"连个人影都没有，何喜之有？"我本想帅气地下驴，驴却不配合，在我脚快沾地时它往前跑了几步，把我摔了个仰八叉——好在没有别人看见。

雍正年间，我到太行山寻找于庄。为什么要寻找于庄？因为我的初恋小红，离家出走了，听人说往于庄方向去了。我骑上驴，让小厮王九扛了一枝洛水边折来的梅花，一路打听着就赶到了这里。

我们在黄昏时分的太行山中迷失了方向。

三

"小庆，你打电话问问，看到底是去哪儿……"原来郜老师和我一样，想着随大家走没错，也不问到底去哪里，谁知跟着跟着就掉队了！我给领导打电话，领导说了我们要去于庄，并详细说了沿途重要的标志——可惜我们车上三人都没有记住那些重要标志，或者说，领导说了三个重要标志，可我们三人都记住了同一个标志，其他两个标志根本没人去记。

车路过一座铁路桥又开出很远，前面指示牌显示我们已经超过了目标很远。

于是停车问路，路边的人有说你们跑过了，有说还得往前走，有一个老奶奶说，既没有跑过也不用往前走，就从此一直正北……让人不知所措！

就在这时，一个中年汉子出现了，他说可以给我们带路，条件是要把他捎上，他和我们同路。中年汉子一脸狡猾，一副老油条的样子，让人疑心他不是和我们同路，而是要把我们带到他们的埋伏圈。英明的郜老师果断拒绝了这个汉子的要求，决定往回走！

"我觉得那座铁路桥眼熟，咱们就往那一片去看看。"郜老师似乎找到感觉了，仿佛写诗遇到了灵感。

虞老师在后排座位上又发一句感慨："原来，老郜，你真不认路……"

四

　　我和王九吃在洛阳买的大饼，吃在大马车店买的牛肉，喝从丁字坡酒家灌来的散装酒。王九一边吃喝一边说："公子，你和小红多少年没有见面了？"

　　"说来话长，自从我给她递了一封情书之后，就没有再见过，大约有十年了吧。我们出来寻她，也是个机会，毕竟她是一个人出来的，好像是逃婚！"

　　"小红逃婚是不是因为没有嫁给公子您？"王九抓着牛肉问。

　　"这个有可能！"我点点头。

　　"她家里人为什么不寻她？"王九问得好像很有道理，完全无视牛肉已被他一个人吃光的事实。

　　"她家里人忙啊，春种秋收，一刻也不得闲……"我拿起酒壶喝酒，却一滴也没有了。

　　山中无人，想问路都不可能，我和王九看看天色将晚，决定像前几年赶考路上那样露宿。我们发现了一处茅草搭的小亭子，小亭子靠近一条河流。我骑驴前往，把驴拴在亭子外大核桃树上，取下包裹里的铺盖卷，准备休息。忽然一阵微风起，风中传来一缕花香。我说："王九，此香出于何处？"惯于识香的王九伸着鼻子嗅了几下曰："公子，此香叫'睡前凝

神香'，极为名贵，这山野间既有此香，可见有富贵气。公
子，我看这山里无有人家，何不趁现在不用花银子，在此圈地
做富家翁？"

王九说到我心里去了，我起身，借着暮色，看此处山高水
长，有灵气焉。遂走到一块平整的大石头前——这石头仿佛
专为我准备的！我手一伸，王九就把蘸好了浓墨的狼毫笔递
了过来，我抬腕奋笔书下八个遒劲的大字：四海为家，此处心
安！

我把笔一撂，倒头便在流水声和花香里沉沉睡去。

一觉醒来，我看到王九已在搬石头垒房子了……

"那寻小红的事儿怎么办？"我说。

"不如就在此等她，我们在村口大树上写个'于庄'！"王
九说道。

"这里到底是不是于庄？"我心里还是有疑问。

五

往回走不远，往北转弯，进山了，郜老师加着油门，随心
所欲，行云流水，如同写着长短诗句，不多时便到了一处有小
桥流水人家的地方，三人得意了一下，忽觉气氛不大对——
大家人呢？车呢？于是忙又打电话请示领导，领导那醇厚的男
中音从电话里传来五个大字："你们走过了！"于是又折回
去——终于，在一条岔路的开阔地，看到了"于庄村"三个

大字。很快便看到我们的人和车了！仿佛迷路的孩子终于回家了——我们三个人都长舒了一口气。下车，我抬头看了看四周：群山环抱，草木葳蕤，清溪碧石……这片天地如此之新，却又如此亲切！

自由活动时，我信步来到有流水的地方，不远处有一棵大槐树，再往前还有一块巨石，我不由自主地来到大石头前，端详，上面依稀题有字迹，我相信没有人能够看到那字迹，但我看到了，那八个遒劲的大字：四海为家，此处心安！

我坐在石头上倾听流水声，忽然一阵微风起，风中传来一缕花香——那花香恍如隔世！我困意来袭，不觉在石头上睡着了，我梦见我和一个叫王九的人在这里以卵石垒房，在溪流里捕鱼，在梯田上种小麦和谷子，然后一个叫小红的女子带着她的丫鬟来到这里……

我梦见前世所有的圆满与缺憾，仿佛我从来就没有离开过于庄。

（原载《焦作日报》2017 年 2 月 18 日）

秋千

　　小公园里有一棵高大茂盛的葡萄树，满架的葡萄快成熟了，我看到一只蜗牛已经爬到了葡萄藤上很接近葡萄的地方！葡萄架下有两架秋千，这地方在夏日里最是阴凉可人。其中一架秋千上坐的是个小男孩，小男孩认真地把秋千荡来荡去，我的目光便随着那秋千荡来荡去；另一架秋千上坐了个少女，她没有荡秋千，她膝上摊开一本书！这一动一静都很吸引人。

　　我喜欢读书，也很惊讶于现在年轻人还能够喜欢读书。见多了年轻人拿着手机低头玩，看到一个少女读书，觉得分外惊讶！这是多么美好的画面啊，她读的什么书呢？我很好奇，当然即使她读的是青春文学，悬疑玄幻，古装言情，也毕竟是在读纸质书了，比一直拿着手机翻来覆去地看强多了，只要读纸质书，就有机会读到经典，接下来不过是引导读什么书的问题。

　　我从她身边路过时，看了一眼，我看到翻开的书页上熟悉的题目《歌仙》。

　　我心中一动——那不是我最喜欢的王小波的小说吗？那篇《歌仙》我几年前看过好几遍，印象深刻，她居然在看王小波的书！王小波的书可是非常有趣，非常富有想象力，非常富于智慧的，能够看王小波的书，说明这个少女读书已经达到一定高度了！我在心里悄悄为她点了个赞！

　　因为素不相识，我没好意思和她攀谈，万一被误会成坏人多不好看，我只是多看了她两眼，此时她正望着小公园的小路尽头，仿佛在回味书中的妙处，又仿佛在等什么人！

　　她望了小路很久，忘了看书，忘了这个世界！

　　突然，令我担心的事情发生了——她把手伸进裤袋里，拿出了手机！我想她一定是要给等待的人打电话吧，可是不，她拿出手机，开始专注地上下滑动手指翻看，然后她脸上开始有了笑容，有了很多有意思的表情——膝上的书悄悄滑落在地，她也不管不顾，只在那里不停地打字，不停地翻看什么！

　　后来令我更想不到的事情发生了，她站了起来，迈开步子要走，却并没有去捡起掉在地上的书，我不得不说话了："哎！姑娘，你的书……"

　　她站住了，回头，看了一眼地上的书，笑了，说出令我想不到的话："呃，那不是我的书，那是我刚才在台阶上捡到的！"然后她走了，低头看着手机走了！

　　"这么好的书居然没人要……"我有些气呼呼地走上前，把手机装进裤袋，捡起地上那本书——我突然愣住了——这不就是我家里的那本书吗？扉页上还有我的印章呢！怪不得看着有点眼熟，为什么这本我最喜爱的书丢了我都不知道？我有多久没有去我的书柜看看了？

　　男孩的秋千还在我面前荡来荡去……

但愿人长久

　　小区是 20 世纪建的老家属院，大家都很熟悉，邻里也相当和睦。

　　杜海家楼下是一间杂货店，住在二楼的杜海经常去杂货店找看店的老孟下棋聊天。经常在杂货店一待就是半天，好几次把自己出门要办的事都忘了。退了休的老孟的家就在一楼，开杂货店非常方便：既不耽误做家务又不耽误和人聊天还能赚钱。

　　杜海刚进家门，老妈就问他："让你买的水龙头呢?"杜海笑笑说忘了。

　　"你是不是又在杂货店老孟那儿下棋了？你说你也二十好几的人了，家里的事从不操心，水龙头都漏水好几天了，昨天说让你买，你没有买，今天出门我又千交代万叮咛，你还是忘了，唉，我的腿要是方便，就不会指望你了!"老妈一边唠叨一边看日历，"家里香油也没有了，说你好几次你都忘了买……眼下就八月十五了，人家都一大家人在一起，你那没良心的爹也不回家……你也不给我争口气……"老妈说着说着就想哭,,杜海悄悄缩回自己房间。

老妈没事就看报纸,这天她看到一篇文章,讲的是放羊人和砍柴人的故事。这篇文章深深地震撼了老妈。

最关键最励志的一句话是反问砍柴人的——放羊人和你聊了一天,他放的羊吃饱了,你砍的柴呢?还配了幅画,一群羊在山坡吃草,放羊的悠闲地和一个手里拿着斧头的缺心眼的家伙在聊天。

老妈看到这句话,就把正在玩手机的杜海叫过来,指指报纸:"你看看这篇文章!你看看上面画的那个缺心眼的家伙长得像不像你?"

杜海瞥了一眼插图,说早看过了,微信里都传遍了。

"你都看过了?为什么还一直和别人下棋聊天?一出门就忘了正事?你不明白这个砍柴的就是你?"

"我在杂货店……"杜海欲言又止。

"说的正是杂货店,人家和你下棋说话也不耽误卖东西,人家老孟还有退休工资,可你呢?你落着什么好处了?年纪轻轻连个正经工作都没有,还不说操点心……"

杜海想说什么,终于还是没有开口。

"明天八月十五了,你买点月饼去看看你姥姥,就说等我腿好了就去看她……"老妈叹口气说道,"你要是再忘了,就别认我这个妈了。"

杜海连声答应着:"您老放心,我不会再忘了!"

　　八月十五一早，杜海就出门了。老妈大声地在背后交代：
"买月饼，去门口菜市场最北边那一家，一斤五仁馅的一斤枣
泥馅的，你姥姥就爱吃这两种！"

　　杜海下楼自然就要经过杂货店，他往里面看了一眼，看
到老孟在打扫卫生，杜海毫不犹豫地骑着电动车，来到卖月
饼的店，但他忘了姥姥爱吃什么月饼，想再问问老妈，就给老
妈打电话，老妈的电话可能没电了，关机。便又折回家，他经
过杂货店，只望了一眼，就走进了杂货店，一上午竟没出
来……

　　杜海忘了去姥姥家，老妈真生气了，一把一把撕着茶几
上的广告纸。

　　"我现在就去，反正月饼是晚上吃的……"杜海这回是真
怕了。

　　杜海买了月饼去了姥姥家，又买了水龙头和香油……把
他平时忘了买的东西几乎都买了回来。

　　但老妈还是不依不饶，让他跪下发誓，再也不去杂货店。

　　杜海望着老妈，跪下了，但他没有发誓，他对老妈说：
"妈，我知道您是为了我好。我也一心想着为您争光……"

　　老妈说："少啰唆，我现在就知道你是砍柴的，人家是放
羊的，你和人家下棋聊天就是傻瓜，就是一事无成！"

　　"可是，妈，我没有下棋……您可能还不知道，在您的腿
受伤的这段日子，放羊的人早换了……"

　　老妈一直以为看杂货店的还是老孟，没想到早换了老孟

的女儿小孟，放羊的现在是小孟，老孟一般不在店里。杜海这个砍柴郎虽然没有去砍柴，却和漂亮的"牧羊女"小孟打得火热，天天在一起研究如何把生意做大，如何开网店，以及谈婚论嫁……

卖柿饼的老汉

    挑着两箩头柿饼，老汉上了邻村的拖拉机，一大早就来到了城里。拖拉机走了，老汉决定卖完柿饼自己走回村子。

    一进腊月，小城就人潮汹涌，天天像赶集一样，年味十足。到了农历逢五的会，就更热闹了。

    这天是二十年前的腊月二十五，正是赶年集的高潮，小城的人进入一种高度亢奋状态，个个像发了横财似的，用"见啥买啥"形容，一点都不过分。

    在小城的大花坛旁边的小广场处，有一条红色的横幅：迎新春抓大奖，抓大奖过好年。在小城，二十多年前这种抓奖方式还很普遍，一般都是实物奖励。

    老汉的柿饼果然早早就卖完了，老汉心情特别好，把卖柿饼的箩头放在地上，挤进人群里看抓奖，老汉识字，看见大红纸上写着：一等奖面包车，二等奖摩托车，三等奖大彩电，四等奖自行车，五等奖电热毯，六等奖大毛巾！

    抓奖的人很多，看热闹的更多，有人花两块钱抓到条电热毯，高兴得合不拢嘴。从不乱花钱的老汉动心了，想试试手气，他也想给老伴抓条电热毯，让老伴高兴高兴，他敢想的也就是电热毯，因为奖小数量多，好抓到。反正就抓一下，抓着抓不着都不要紧，过年哩，花两块钱！

　　老汉小心地掏出两块钱，递给工作人员。工作人员收了钱，让他把手伸进抓奖的箱子里，老汉在箱子里摸啊摸，那么多纸片片，在他的想象里，就是面包车、摩托车、电热毯在和他捉迷藏……老汉捏捏这个，犹豫了；捏捏那个，犹豫了，最后工作人员催道："老人家，快点，别人还等着抓呢！"老汉只好胡乱捏了一个递给工作人员。工作人员刮开涂层，说了句："呦，老汉手气不错啊！"老汉一听就激动了，急切地问："是个啥，是不是电热毯？""四等奖，自行车！"工作人员喊道。在场的人都发出羡慕的欢呼声！

　　老汉笑呵呵地领了自行车，推着走出人群，找到自己的箩头，正要把箩头挂在车后回家。迎面碰上两个年轻人，一胖一瘦，胖的喊了老汉一声叔，说："手气真不错，俺都抓了五十块了，啥都没有抓着，给你十块钱，再帮俺抓五下吧！"老汉谦虚地笑了："啥手气不手气，都是胡抓哩！"

　　"不，人跟人手气不一样，一看叔就是有大福气的人！叔就帮俺抓十块钱的吧！"那个瘦的赶紧递过来十块钱。老汉笑笑接过去："那俺可抓了啊！抓着抓不着可不管了啊！""抓吧，放心抓吧！"俩年轻人催老汉快去抓。老汉转身就又挤进人群，来到奖箱前，递上十块钱说："再抓五下！"工作人员一看老汉又来了，就笑着说："老汉今天非把面包车抓走不可！"

老汉笑笑，就伸手进去，很快捏出来五张，让工作人员看，工作人员一张一张仔细刮开，验过，最后对着人群大叫道："二等奖，摩托车！老汉又抓了辆摩托车！"人群沸腾了，另一个工作人员还赶紧命令两个小伙子敲锣打鼓！老汉憨厚地笑笑说："不是我哩……"他回身向人群外望，想叫那俩年轻人来领奖，可里里外外都望不见那俩年轻人，还有他刚抓的自行车也不见了，只有那两个装柿饼的箩头在俩年轻人站过的地方安安静静地待着……

请君为我侧耳听

　　这其实是个妻美的爱情故事。不是凄美，对，没有错别字。

　　事情说起来很复杂，以至于不知该从哪里说起。

　　那就从一个耳光说起吧，这样比较好听。

　　"啪！"她第一次打他耳光，是上个世纪的事儿了，是二十多年前的一天吧，他们都忘了原因，甚至，具体时间也忘了，连是春是夏是秋是冬都想不起来了，当然地点是在家里，这倒不用专门记住，在他的印象里，她打他耳光的时候全部都是在家里。因为在后来的年代里还有无数次的耳光，没有人专门去记第一次耳光。是的，第一次耳光并不像第一次坐火车出门旅游那么难忘，也不像第一次吃到正宗的北京烤鸭那么激动，更不像第一次牵手的初恋那么美好——甚至第一次她打了他几个耳光他们都想不起来了：一个？两个？三个？总不会第一次就没完没了吧……原因也想不起来了，一切都恍恍惚惚地过去了。

　　他如果能够清清楚楚记起来，就说明他是个记仇的人，所以，他并没有记住，真心真意没记住；而她如果能够想起来，也就不会那么轻易伸出手了！是的，他们其实都不在意的。只是个耳光或只是一些耳光，只是发生了一点矛盾，没有什么大不了的，只不过人生总有第一次，一生二，二生三，三生无数……

　　他记不清因为自己这样那样的错误挨了她多少耳光。那些过往岁月里噼里啪啦作响的耳光并没有像余音绕梁那样一直回响在耳边。她也没有因此成为武林高手，连铁砂掌的皮毛也没有练出来，甚至小手连一壶十升的花生油都提不动。

　　而他也没有因此记恨她，甚至回敬她一耳光——怎么可能，他想了想，二十多年里，真的没有一次想过还手。但自己脸上的那种疼，他是清清楚楚的，每一次都新鲜如初。

　　他总是能记起第一次看到她的情形：剪着齐耳短发，戴着粉红色发卡的她站在教室门外，睁着两只明亮的大眼睛发呆，穿着一条灰一条玫红再一条灰再一条玫红的宽条纹薄毛衣，洗得发白的牛仔裤，唯一想不起来的就是她当时穿的鞋子是什么颜色了……

　　他当时第一感觉就是她像个幼儿园大班的小女孩，他并没有多么在意。没想到排座位时她竟坐在了自己的左边，中间只隔了一位女同学。他们和隔在中间的那位女同学居然都不太说得着，于是常常隔着那位女同学说话。那位女同学真不错，一直就那样坐着，不管是觉得有趣还是觉得厌烦，却从未表现出来一丁点儿。

　　后来那位女同学不知何处去了，而他们俩成了两口子。

　　继续说耳光，她打了他好多年耳光，他每一次都承认自己有错，于是他在她赐予的耳光下奋发图强，居然变得很有钱了。

　　她给他说过一个秘密：被妻子打而不还手的男人才最有出息，并列举了她很有钱也有权的姨夫，以及几个古今中外他听都没听说过的男人女人的爱情故事。

　　他则喜欢对她说：我告诉你一个妻美的爱情故事吧！

　　因为是口头讲，她理所当然地听成了"凄美"。

　　可见文字与口语或耳语多么不同！他从未给她讲出个所以然，他只是为了告诉她，他觉得她美，所以，他爱她。

　　她对他的不满由来已久，同耳光的历史一样长，她嫌他不够机灵，没眼力见儿，反应慢，有时候说什么都听不懂，都要她再三讲。

　　如果他在别的房间，她铺床叠被时嘟嘟囔囔的话他没有听清楚，没有及时做出清晰的反应，她都会怪他不好好听。

　　她最讨厌他的一点是，每次她和他说话，他都要反复掏耳朵，他笑着说：洗耳恭听。

　　她不止一次说：你耳朵是不是有毛病？

　　他终于在一次和儿子讲话时，因为侧耳倾听的样子太过可笑，被她又数落了一顿，她对儿子说："看你爸那样子多可笑，听人说话非要夸张地扭着头，这算是侧耳听吗？"

他突然有一种冲动，想把多年的一个秘密告诉她，便一本正经地望着她说："那我告诉你吧，我这边的耳朵的确听不见……"

当时孩子们都在旁边，一下子就安静了。而她，望着他，许久不言语，眼里慢慢溢出泪水："你说的是真的？"

"当然！"他看到她流泪后，本来那种掌握秘密的优越感突然没了，但依然保持着自己泄密的光荣感。

她当然相信了他，不需要验证，这么多年的疑惑都涌上来，她望着他很久，不再说话。又很久才问："从什么时候听不见的？你为什么现在才说？"过往二十多年仿佛很遥远，让他一下子感觉时光都没有远离，都铺在那里，让人感到漫长，每一个耳光仿佛都再次响起，铺满了二十多年漫漫长路。

"从小，从小就听不见！"他轻轻地回答，也许是因为心疼自己那一只耳朵从小听不见，说这话时他几乎也流泪了。

"你为什么不早点说？"她显出很生气，更多的是责备。

"没有什么影响，我不是听得好好的？"他淡淡地笑着说。

"怎么会没有影响，你看你平时都经常听不清说话……"她又扭头对儿子说，"看，你爸还需要咱们保护呢，他多不容易……"

"早点说有什么用？"他说道。

"那样我们大家就都会保护你的耳朵了。"她说道。

"保护？"他似乎明白她的意思了。他想了想又对她说："如果我说，是因为你给我打聋了，你怎么办？"

"赔你啊!"她又问,"到底是不是我打的?"

"当然不是!"他回道。

"这么说是天生的?"

"嗯,是天生的。"

"你到底还有什么毛病?到底还有什么秘密?这么多年为什么不对我说?"她又开始发问,"你要是早点说,我不是就不会打你耳光了吗?就一只耳朵多宝贵啊,你怎么让我打这么多年?"她责备他。

"没什么……"

"要是把唯一的耳朵打聋了怎么办?"她很着急地说道。

"不要紧,打聋了可以自己再长好或治好……"他笑着对她和儿子说道。

儿子也关心地问:"那去看过医生没有?"

"看过!"他回答。

"自己还偷偷去看过!"她这会儿有些笑意了,"你一开始就不告诉我,是不是怕我不跟你结婚?"

"我才不怕呢!"他大言不惭地说道,"一个耳朵又什么都不影响……"

"谁说不影响?我这么多年喊你,你都反应那么慢,是不是影响?"

"要说也是,比如无法听声辨位,我从来不知道声音从哪里来的。"

"再说了,你从小就听不见,你怎么知道没影响?你只是习惯了，一只耳朵和两只还是不一样的！"她总结道。

他叹口气，承认她再一次说对了。

她忽然又一想，再次盯着他的眼睛问："到底是不是我给你打聋的？"

他笑了，非常得意地笑了。

"我也曾想过，某一天对你说，你打聋了我的耳朵，那样你会非常愧疚，会觉得自己犯下了大错。"

"你为什么没有那样说？"

"我怎么忍心那样说？"

"到底你的耳朵是怎么回事？"她审问着。

"我还想说一句，你不是说我为什么这么多年不告诉你吗？你觉得我隐瞒了秘密，那么我怎么觉得你的责任一点儿都不少呢？作为最亲近的人，你怎么可能二十多年都没有发现我这只耳朵听不见呢？你不觉得自己太粗心了吗？"

她顿时沉默了。

石榴树下

仲夏的早晨，我在一棵石榴树下的石凳上静坐。石榴花已经开过，现在满树已结出小小的石榴，有清凉的微风拂过，心中很有些过往岁月的感觉。

这时，一个小孩子跑过来问我："喜欢石榴树吗？是不是喜欢初夏那火红的石榴花？"

没等我回答，他接着又问我值不值得相信。我想他一定有什么重要的东西或者事情要托我办。

然后他又歪着头问我，是不是还喜欢在夜深人静的时候仰望星空？是不是还喜欢那些夜空中的星星？是不是在有圆圆的月亮的晚上会高兴或忧伤得睡不着觉？

我张张口，不知该如何回答，然而他似乎并不急于听我回答，他有太多的问题要问！

你会不会在夏天想起雪？会不会在每一个下雪的早上惊醒？会不会认真地看上好久下雪时的屋檐？会不会废寝忘食地堆一个大大的雪人，滚一个大大的雪球？会不会拿着贺卡，小心翼翼地写上一段话？

　　没等我开口，他继续问，早上开的小野花，你仔细看过吗？那上面有没有露珠？日落时的树林，你喜欢吗？甚至不远处选煤楼的残垣断壁是不是在日落时也很美？你注意到了没有，树林里的鸟何时回巢？远远望见那些飞鸟时，你会不会自己也想飞起来？下雨时，你会不会不打伞站在雨里？秋天树叶落地时的声音，你觉不觉得好听？你有没有踩着落叶时，听到落叶发出的一声叹息？

　　我望着他天真无邪的眼睛，想要开口回答他几句或也问他些什么。

　　但他并不容我开口，继续问我是不是在等一个人？也许并没有和那个人约好，也许她永远不知道在等她？

　　他问完我这些话居然不等我回答就跑了！他当然不会等我开口，更不会回答我的问话……

　　自从那个仲夏的早晨遇到那个小孩子之后，我开始留心他所问的问题——夜里的星星果然很美，有圆圆月亮的晚上真的让人忧伤得睡不着觉……

　　我突然一下子明白了那个小孩子是谁，他问我的那些话，曾经都是我非常喜欢的事物。若不是那个早上石榴树下的微风拂过，我不会想起那些曾经被我深深喜欢的事物。

　　那个小孩，就是小时候的我。

　　　　　　　　　　　（原载《焦作晚报》2017 年 6 月 15 日）

你的名字

每一天，我都不知道该喊三岁多的儿子什么名字。他喜欢看动画片，喜欢的事物很多，比如恐龙、光头强、小羊肖恩……

儿子喜欢动画片里的恐龙小班，喜欢游戏里的小伴龙。打开电脑，小伴龙一出现就亲切地喊他阳阳，小伴龙让他帮自己做这个、做那个。于是，他把小伴龙当成自己的好朋友。看了一部恐龙电影，他又想做恐龙。他喜欢恐龙小班，于是，让我们喊他小班。后来，他又看了一部动画片，喜欢里面的小恐龙阿洛，就对我们说以后叫他阿洛。你不叫他阿洛他就不理你，装作没听见。但游戏里的小伴龙每次都喊他阳阳，他从未让对方更正过，并且很开心。

之后，我每天下班回来就喊儿子阿洛，一天，他却不乐意了，说："快叫我小班！""怎么又成小班了？"我问。他说："你快说小班你想吃什么？"我就问他："小班你想吃什么？"他伸出手指一摸嘴角想了想说："恐龙爸爸，我想喝果汁！"

然后我就去给他弄果汁了，拿回来他却不喝，说："你快说小班你为什么不喝？"我照问了，他笑了笑说："我跟你玩呢！"

一天回家，见到儿子我就喊："小班……"他说："不对，不对……"我连忙改口道："阿洛。"

儿子还是摇摇头，说："你喊错了，你快说强子，你为什么生气了？"

"强子，你为什么生气了？"我说。

儿子挠挠头说："臭狗熊把我的锯子抢走了。"原来他刚才在看动画片《熊出没》。

于是喊了一天强子。

第二天下班回家，我亲切地喊儿子："强子。"儿子连忙摆摆手说："你喊错了，我是乔治。"

"不就是强子吗？"我当时听得也不太清楚，还以为就是强子。于是儿子就生气了，不理我了。他妈妈过来说："人家叫乔治！"

"乔治？乔治是谁，听上去挺深沉的一个名字！"我问他妈妈。原来这天他们上街买了本画书《小猪佩奇》。强子和乔治的发音实在是太像了。

"那你为什么不是佩奇？"我问儿子。一般人都会选择主角，按他通常的做法也该是选主角啊！

"姐姐是佩奇。"儿子慢悠悠地说。原来佩奇是女生，乔治是佩奇的弟弟，并且乔治也喜欢成天拿着个恐龙玩具。

"乔治，佩奇呢？"我问。

"她去上学了！"儿子一边吃着蒸梨一边回答，那么自然。

可这天我回来一见面就喊儿子乔治，他又不乐意了，说他是小马佩德罗！

这又是哪里的？原来还是《小猪佩奇》里的，一部动画一般他只选一个角色的，这次却换了一个。但不是彻底更换，他是一会儿是乔治，一会儿是小马佩德罗，后来还说自己是小狗丹尼。

有时候见面，我还没喊儿子的名字，他就跑过来喊我："小头爸爸。"根据这么久以来的经验，我很快反应过来说："你是不是大头儿子？"儿子点点头开心地笑着说："是！"

每天，不管是早上起床，还是傍晚回来，一见面，我都不知道该喊儿子什么名字，我只能谨慎地问他："嗨，小伙子，你是谁？你叫什么名字？"

（原载《焦作晚报》2018 年 1 月 3 日）

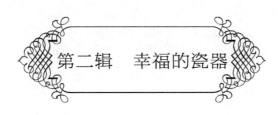

第二辑　幸福的瓷器

幸福的瓷器

　　松明和师父一起去采瓷石的时候，是个春暖花开的好天气，他被好天气弄乱了心神，拉着平板车的他一定东张西望来着，不然怎么会看见这个穿红围裙、系着绿飘带的女子？

　　女子一定哼着歌儿吧，她手里拿着一小束野花，肩上还挎着一个布袋子，她是出来挖野菜的。他看见有风吹动了她的绿飘带，她低头看地上的野菜的时候，一只小鸟竟大着胆子落在了她的肩上，师父突然撂过来一块软泥，一下子惊醒了他的痴迷。他们到达目的地之前，师父说了，不是哪里都会有瓷石的，你要学会鉴别。师父随意铲了几处说，看，这些地方是绝不会有的。然后他们来到了目的地。居然有人把守，是一个地主家的家丁。师父说这地方本来是没人要的，发现瓷石后，就有有权势的人插手了，不过收钱并不多。

　　忽然松明听见一声尖叫，原来是那个女子在挖野菜时发现了一条刚刚苏醒的蛇。也许是他和师父刚才无意中挖开了一个蛇洞吧！也许她的手几乎要碰到那条蛇了吧！她开始一定以为那条蛇不过是一截树枝吧！他想要去帮那个女子，但师父叫住了他，说现在的蛇还没有睡醒，不要紧。果然女子不叫了，只愣了片刻就匆匆离开了。

师父说并不是非要自己采瓷石，一般都是去买现成的，但想让他从头到尾了解瓷器的制作，所以他们自己采了一次瓷石。他们把采回来的瓷石，经水碓舂细、淘洗，除去杂质，沉淀后制成砖状的泥块。然后再用水调和泥块，去掉渣质，用手搓揉，或用脚踩踏，把泥团中的空气挤压出来，并使泥中的水分均匀，师父说这叫作"练泥"，泥得纯粹才能用。

然后拉坯、印坯、利坯、晒坯、刻花、施釉、烧窑……

他想着那个女子，师父让他往花瓶上画画时，他就不知不觉画上了那个女子。他小时候是学过画画的，所以师父会选中他做唯一的徒弟。师父发现他画了个女子，说这一批不能画女人，让他重画，他求师父说就画这一个吧！他画第二个花瓶时，又不知不觉画上了那个女子，师父打了他一顿，饿了他一天，再让他画时，他就不敢画那个女子了——他画了一束野花，那时他看见的她拿的就是这样一束野花，他不认识那是什么花，但他画得一模一样，然后他画了一缕风，绿油油的风。他并不是没有见过漂亮女子的，在他家乡的小镇上，逢集时和爹爹一起去卖竹筐，他见过很多漂亮女子，可这个尖叫的女子，却不知为何让他一直念念不忘。

松明没事时喜欢去遇见女子的地方逛，他渴望重逢那个女子。但他再也没有见过她。一辈子也没有见过。有一天，他正在烧窑，听见远处传来了唢呐声，和姐姐出嫁时一模一样的唢呐声，吹的是欢快的曲子，却很奇怪地让人肝肠寸断。但师父看得很紧，他没有出去看。但他听到那唢呐声就莫名想哭，那天的天很蓝，让人想哭的蓝。

转啊转，烧啊烧，那些泥坯子吸收了师父的手艺，又在窑里吸收着温度，吸收着松明看守炉子的时间，还吸收了世间所有尖锐的叫声。

在烧窑的时候，他总喜欢想心事，想家乡的麦子抽穗了没有，想母亲做的野菜团子，想父亲用竹竿上绑的铁钩子勾的榆钱，想家里吃饭用的粗瓷大碗，想姐姐出嫁那天的哭声、唢呐声。他想起自己那天黄土路上奔跑并摔倒的情形，那天他突然不想让姐姐出嫁了，但姐姐还是嫁到很远的地方去了。

出窑的时候，那些精美绝伦的瓷器，一下子就晃晕了他的眼睛。

一天师父喝了点酒，一不小心碰倒了一只花瓶，他惊呆了，因为他听到了这个世间最美的声音，和那个女子看到蛇时叫的声音一模一样，这声音是从那个摔到地上的花瓶里发出来的。他从未听过这样的声音会从瓷器里发出，他认定她藏在里面。

他偷了一只花瓶，他心爱的画有那女子的花瓶，师父发现了，并不作声，只是有一天对他说："你该娶媳妇儿了！"他不语，他不知自己该不该等，他在等什么呢？等谁呢？难道是等一声尖叫？

　　"这是一件宋代官窑瓷器，据说和爱情有关，北宋的松明大师烧出这件瓷器后，就去世了，他一辈子都想听到那美妙的声音，但他永远也不会把瓷器摔到地上，所以他后来再也没有听到那声音。有一天，松明大师看到一条蛇从花瓶下面爬过，但花瓶并没有尖叫——"博物馆讲解员最后说了这样一句话，"幸福的瓷器总是沉默不语！"

　　一千年的沉默有多么美？在松明的感觉里，那个女子一定是个哑巴，像瓷器一样，一生只发出一次尖叫。

（原载《嘉应文学》2019 年第 4 期）

漆匠七星

　　七星第一次和师父去看割漆的时候，两个人起了个大早，师父说割漆要在日出前，他们于前一晚住在了秦岭山中。他们和两个割漆人约好，鸡叫头遍就起床。七星一晚上都没有睡着，秦岭山中的夏夜特别静，七星走出石头房子，在院子里看星星。母亲说，七星出生时是个晴朗的早上，太阳还未出，窗外正好看到零星的星星，数了数正好是七颗，就给他取名叫七星。所以七星对星星有一种与生俱来的亲近。

　　师父睡得很熟，在院子里就可以听到他均匀而不高的鼾声。鸡叫时七星有了睡意，可他还是打起精神，去溪流边洗了把脸，师父已站在院了里了。

　　"七星，没睡好吧！"师父仿佛知道七星一夜未眠。

　　"师父，我喜欢这大山，睡不着。"七星拿出带来的熟牛肉就着油饼大葱和师父一起吃。两个人又喝了点热茶。一声呼哨响，表明割漆人已经过来了。

　　割漆是个又脏又累的活儿，生漆不是人人都能接触，因此七星和师父就只能距离稍远地看着人家割漆。七星看到乳白色的液体从树上被割出的月牙口里经过一枚桐叶流到木桶里，空气中顿时散发出淡淡的漆香，七星使劲嗅了嗅。

师父接到一桩大活儿，给一个大户人家的嫁妆上漆。

七星负责打磨那些嫁妆，师父教他先用蜈蚣锉或刮刀处理那些较硬的木楂，然后把需要打磨的地方擦湿，干了以后，木纤维就竖起来了，再打磨，最后用节节草反复摩擦，直到所有的地方都平整光滑。这段工，七星做了好多天。上漆前，师父会认真检查好几遍，确定可以上漆了，就先在木器上涂一层色油，师父上色油很认真，让七星好好看着，然后再批腻子，腻子干透，又让七星打磨，如此反复几回，七星都觉得不需要再打磨了，师父还让打磨，并且真的指出好几处不够光滑的隐蔽处。

七星一遍遍打磨，师父又一次次检查，确定没有一处不光滑时，在一个不冷不热的早上，师父打开密封在木桶里的大漆，拿出一把旧刷子开始上漆。

七星记得那天苹果花开了，大户人家的院子里有好多树，没开花时，七星认不出是什么树，一开花就认出来了。他们在一个阳光照不到的大屋子里干活，师父上漆时不让开门窗，七星隔着木格窗子看苹果花，白色的苹果花那么耀眼，七星想起自己家院子里的梨树，也该开过花了。

当那个美丽的身影飘过时，七星正按照师父的要求稍挪一下梳妆台的位置，他只是瞥见外面亮了一下。

师父早就说这些家具都不能再挪动了，上漆前就要放好位置，可是在干活过程中总是会发现有些家具放得不顺手。

七星在打磨梳妆台的时候，就一直遐想着这个出嫁的姑娘，遐想中，那个姑娘就坐在小圆凳上对镜贴花黄，一旁的丫鬟不时递过来点什么。七星小时候看过母亲在梳妆台前梳妆，所以在他的遐想中，那姑娘的样子和美丽的母亲差不多。此刻，七星挪好梳妆台，再看窗外，那美丽的身影已然不见。

"漆家具，不仅仅是学上漆，也不仅仅学打磨，家具摆放位置也得学……"师父话不多，但总是很及时地指导着七星。

七星心里想着刚才那个美丽的身影，回答师父的话时总是很慢。师父往窗外看了一眼，窗外当然只有苹果花。

他们用完一木桶大漆，一天的工就做完了，一天里七星只给梳妆凳上了漆。他们从大屋子连着的小屋子走到外面，确保一丝风都进不来。

主家当然好吃好喝地招待着。

晚饭后七星坐在庄园后面不远处的一个大石台上看星星，眼前忽然一亮——他看见庄园最后面绣楼的一扇窗户开了，屋子里没有点灯，似乎有人在朝他这边望着，又似乎听见一声叹息。

"师父，这嫁妆是这户人家的小姐要出嫁用吧？"晚上睡觉前，七星问师父。

"这不是废话吗？"师父只说了这句话就响起来鼾声……

七星又溜出来看星星，这次他没出院子，他不知哪儿来的勇气，直接绕到了绣楼后面。当然是窗扇紧闭，可是七星想在那窗户下待着，隐隐约约中他又听到了叹息声。

七星突然学起了鸟鸣，是那种这个季节尚未出现的布谷鸟："割麦种谷……割麦种谷……"

窗户果然开了，一条绳子挂个小竹篮，下来了。七星一下子不知所措了——这是什么意思？

竹篮里有东西，七星先看了看，是个手帕裹着的什么，就伸手拿出来，打开手帕，居然是一缕秀发！

七星拿着那缕秀发，心扑通扑通一阵乱跳，难道，这小姐喜欢自己？这是信物？那么自己是不是也应该回赠个什么？可是自己毫无准备呀！不过他又想，会不会是那个跟随小姐的丫鬟的头发？七星一下子糊涂了，他突然又不能确定这秀发的主人了。

全部上完漆后，主人家特地请师徒二人到麒麟酒楼喝酒，并奉上超级大红包。师父拆开红包后非常满意，于是喝了个痛快。当天下午两个人就带着红包骑着毛驴回家了。

七星再也没有遇到那缕秀发的主人，他后来被父母和师父安排到了遥远的地方，成为那里首屈一指的漆匠，他娶了三房太太，但那缕秀发始终在他的藏宝盒里，每年苹果花开放的时节，他都会拿出来看看，看到一个忽明忽暗的身影。

他那三进的院落，每到春来，都开满耀眼的苹果花。

种下两棵重逢的树

一

一定要空旷，要有凛冽的寒风，草木上最好有霜，这样想着，李寻就来到了这里，他知道自己一定要早一点到，世界上最美好的就是等待，何况如今已是最后一次等苏幻了，他要把自己祖传的一只花瓶送给她。

四野望去，这里真的适合离别，天苍苍野茫茫，风不吹草就很低，这里的离别，回味悠长，可以一再回首看到彼此的背影远去，直到变成一粒草籽那样小。这样想着，他摘下一把草籽，在手心里捻着，想到那个喜欢吃草籽的人，想到人这一生，就如这草籽一样，微不足道却又顽强，随风吹，到哪里都会生长，都会遇见阳光雨露。

"寻！"不知何时，苏幻已经到他背后了。

李寻转身的同时，眼中已经有了泪花。

苏幻像往常那样，一袭白裙子，手中的剑始终指向地面。

李寻想要上前握住苏幻的手，苏幻却退后了一步。她知道，一旦被李寻握住手，她就没有勇气离开了。

"既然见到了，就此别过吧！"苏幻一拱手，转过身去。

我们不知道他们为什么要分手，为什么要知道呢？可能他们自己也不再想为什么了，当然更不会告诉其他人。这中间一定有百转千回的细节，一定有一再回头一再决绝的反复！

两个人各自走去，李寻回城，苏幻往南而去。

两个人都没有转身，没有回首，没有越来越远的背影。李寻祖传的花瓶没有送给她。

二

一百年后，雪天，这里多了一座草亭。

李见早早地等候在草亭下面，苏香就要来了，他捏着写好的长信，打算交给她。

苏香骑着马来了，她今天穿了一件红色披风，后面跟着也骑着马的丫鬟。

"见！"她还是先喊他。每一次她喊他的名字都让他心里一动。

他赶紧藏起长信，她似乎看到了，但没有问。

苏香没有下马，一拱手，扬鞭而去。雪地上多了一串马蹄印，但没有她的脚印。没有她的脚印的雪地是一种浪费，李见这样想着。

她红色的披风一直在雪花飞舞的远方飘拂，越来越远，直到比雪花还小，李见仿佛还看得见那红色披风。李见的长信没有给她。

三

又若干年后，炎夏，这里多了一座小木屋，原来草亭的位置现在是一座石头亭子。

李颂坐在木屋里，喝茶，他不是在等人，他只是很喜欢这里，他命小厮王九在亭子前种两棵树，毕竟这里太空旷了，视野里没有可看之物。

"公子，看……"王九拿着一只花瓶过来让李颂看。

"这是……?"

"从地下挖出来的!"王九兴奋地说道。

"古董花瓶啊!"李颂眼睛一亮，顾不得花瓶上有泥，拿过来认真把玩，仔细看那些纹饰。

"公子，看……"王九又拿着一个扁扁的小铁盒过来了，"另一个树坑挖出来的!"

李颂打开小铁盒，看到几张发黄的信纸。

展开信纸，上面笔迹颇潦草，李颂还是认出来了那些字：

我知道是你，知道你会坐在这里，然后，坐久了你就

会想种两棵树，这里这么多年来都缺少两棵树，你如果
种树，就一定会遇到这封信并且把它打开的，因为我相
信你和我一样，知道该在哪里种树，种下两棵重逢的树，
所以你就是我苦苦寻觅的人，我们早就认识。那么允许
我问你一个问题，在人间，人与人之间，什么最美丽？你
也许马上想到：最美的是初相遇，人生若只如初见吗？或
者送别也挺美——杨柳岸晓风残月。其实等待也挺美的，
比如我在这里等了你这么久，每一次远方有风，都会觉
得是你来。寻觅也挺美的，所以小孩子喜欢躲猫猫！我知
道，这些事的确都挺美的，可有些人，仅仅初相遇就够
了，这辈子望一眼就够了；有些人是百看不厌的，所以走
散了就会寻寻觅觅；有些人是记在心里就够了，不需要
再见到；有些人却需要遗忘，再想起来只会觉得毫无意
义。

　　你问我是谁？我不会在信尾留名——虽然是那么容
易也很应该的一件事。你可以想象，我会是那个游走在
街头的少年，手里拿着一把宝剑，企图行侠仗义，到头来
却打不过人家；也可以想象我是一个少女，独立桥头望
归人却望不见归人！我们相隔着千秋万代，却也能见字
如面。我是多么无聊才会给你写这封信，我当年，在这里
等过一个人，是的我等到了，然后我们分别了，在等待中
我埋下这封信，我本来写给那个人一封信，按说那封信
才不无聊，但我把那封信带走了，有时候你会发现那个

人不再适合读你的信，于是我重新写了这封。对了，给一个人写信也是很美的事，收到信也是很美的事，可是这些都还不够。

　　我想说的是，世界上最美好的事情，不是相遇，而是重逢！陌生的相遇也许很美，但充满了危险，充满了由陌生到熟悉再到冷漠的"重蹈覆辙"的俗套，大部分人都经得起初相遇，但都经不起俗套。而重逢就不一样了，你愿意和记忆中的一个人重逢，一定是因为内心的那种真实的喜欢，当然这要除去冤家路窄的那种复仇。而很多人在越来越久以后的相遇都变成了冷漠，这算不上重逢，真正的重逢是心里有期盼，计算着归期，丈量着步伐，一点一点靠近，那个人一点一点变大变清晰……

　　读到这里，李颂的眼角余光瞥见远处有个黑点，在一点一点靠近，一点一点变大变清晰……

　　是她！李颂心里一动。

　　但王九的巴掌却过来了，李颂的耳边清晰地响起一声"啪"！

　　"公子，看，这么大一只蚊子！"

裁缝五哥

　　生活就像洋葱，你一层一层剥开，也找不到一朵芬芳扑鼻的鲜花。

　　我十六岁加入反对大太监魏忠贤的组织——克贤会，一干就是十年，差点误了终身大事，成了大龄青年。我是卧底，出没于魏府的制衣坊，是的，我的公开身份是裁缝五哥！我隔绝一切故旧，连青梅竹马的莲莲也放弃了，好在克贤会待遇颇高——每月有十两纹银外加一平车大葱三斤酱油。而且魏府还有一笔薪水。

　　那天我去领我在克贤会的薪水——京郊的一个自由市场，总有一个卖大葱的和一个卖酱油的，不错，他俩是我们的人。我拿出一张面额一两的银票，说买一车大葱、三斤酱油，他们一听就明白了，便找我十一两银子，将一平车大葱、三斤酱油给了我。我推着一车大葱来到孤寡老人范大娘家（范大娘的家人死于魏忠贤的爪牙之手）。我将大葱、酱油送给她，她感激地说："小五哥儿，为什么总是大葱？就没有豆角、蒜苗之类的?"我尴尬地说:"我们只会种大葱!大葱炒肉很好啊!"范大娘说:"可是没有肉呀!"我不接话,推着空车就走,由于心慌,车速过快,撞倒了路边一个正在摘丝瓜的姑娘。

我一把扶起她,问:"姑娘,没事吧!"

她轻轻抬起眼睛,水一样的眼波定定地看着我,她没有说话——原来是个聋哑姑娘。那一刻我心中忽然一动,我拉着她的手,她的丝瓜掉在了地上,她也浑然不觉。

一切都是命中注定,伟大的爱情开始时,总是从一个眼神、一个笑靥,甚至一个丝瓜萌芽……更何况她是范大娘介绍的……

组织上同意了我和聋哑姑娘的婚事,因为她不会妨碍我的卧底工作,按规定,不聋不哑的是不能娶的。我正好解决了终身大事,天可怜见的,我终于娶媳妇了!虽然她听不到,也说不出,可是每当她紧紧地盯着我,双手胡乱比画一气时,我便会明白:她也很喜欢我,愿将一生托付给我。

每当她紧紧地拉着我的手,我便会明白:她又要告诉我,她孤苦伶仃,无依无靠。我便会向她胡乱比画一阵,告诉她,我会照顾她一辈子。

我每天在魏府的制衣坊为魏府的各色人等缝制衣服,我所制的衣服都有一个共同的特点——领口超紧,裤裆超窄,极易引起憋闷感和裤扯烂的后果,而这正是我喜闻乐见的。我会回答前来兴师问罪的管家一句:"做宽点谁不会,难就难在做窄了。引领时尚,帝国风范,全在一个'紧'字!"管家无言以对，吩咐给他做的一定要放宽点。

我还有一些秘密，比如在做好的衣服上撒些西域毒药，此毒无色无味，却让穿上的人七十年后毒发身亡，由于药性慢，我干了十来年，竟没有被发现。可惜大多数人都没有等到毒发就去世了，真是浪费我的聪明才智、良苦用心。

一个人总是自言自语，有了媳妇之后，总算可以对她讲一讲了，虽然她不能听见，也无法对话，可她的眼睛那样望着你，你就会明白——她是听懂了，这个世界你终于不是一个人在过日子了。过去，我所理解的孤独就是：早上出门时不小心把东西弄掉在地上，晚上回来，它仍然静静地躺在地上……如今再不会那样了。

当我正处于幸福之中时，制衣坊来了两个锦衣卫，将我押走，我说："一定是搞错了，一定是搞错了！我可是自己人！"没有人听我说。

我被投入专押内奸的五星级大牢，我见到了久仰大名的魏忠贤！

魏忠贤瞪了我一眼就走了，他的目光含有明末的余毒。

我受尽折磨，却始终没有交代卖大葱的和卖酱油的，但是我不得不承认我在衣服上做的那些手脚，一个裁缝，能做什么呢？

她来看我，她的眼中闪烁着泪花。

我拉紧她的手，一如当初；我们互相比画了半天，谁也不懂谁在说什么，一如从前；她喂我好吃的腊鸭舌，并为我梳了蓬乱的头发，一如往昔。

　　当她要走时，我忽地一把揪住她的裙角，用恳切的目光望着她，一字一顿地说："我、最、后、一、个、要、求——想、听、听、你、的、声、音。"

　　她睁大双眼，呆在了那里……

　　她唇角颤抖地说出三个字："别怪我！"说完，她的眼中流下了泪水。她的声音正如我希望的那样好听，如翡翠碰着翡翠一般，是我喜欢的声音，这声音我在梦里无数次听见。

　　曾经，我在餐桌上打碎一只茶碗，正在厨房的她听到声音，回过一下头……

（原载《嘉应文学》2019 年 4 月刊）

看到美人你会想起什么

王九和我谈起何为美人的时候，说了一段让我隔了几个朝代都没有忘却的话。

王九彼时正吃着一截芝麻糖，他的吃相很优雅，大概是怕芝麻掉到地上，小口轻咬，双唇稳收，一粒芝麻都没有漏到地上，他吃到只剩两小口时问了一句："公子吃不吃芝麻糖？"我没有答话，只是望着窗外迟迟不至的春天，怅然良久。

这时王九两口并作一口，吞下最后的那截芝麻糖，说："公子，请你谈谈何为美人！"我看了一下腕上的墨色玉珠，又本能地清了清嗓子，说："所谓美人，身材窈窕，冰肌玉骨，明眸皓齿，吐气若兰，声若银铃，手执纨扇，常立梅边，既不多言，又不乱跑……"

王九闻言一笑，那笑声似从有钱人家传来，很有底气，又似从皇亲国戚那里转发过来，盛气凌人。

我顿时很不开心，说："王九，我知道你读书少，可是这些话我常常念叨，你不至于理解不了吧。"

　　王九继续笑，从从容容摸出一根驴牌香烟，也不让我，自顾自点上，深吸一口，冲屋顶吐出烟雾，长叹一声道："公子所言美人，人人得见，算不上真正的美人。"

　　"嗯？"我瞪了他一眼，"你想谈的是仙女？"

　　"不！"王九回得很干脆，果断掐灭刚刚吸了两口的驴牌好烟，仿佛事情到了不得不认真的时候，他居然从案头拿起并把玩着我轻易舍不得示人的御赐花梨木手串，"真正的美人——"他望了我一眼，大概看到我正认真注视着帘外的海棠，并没有认真在听，很是满意，继续说道，"真正的美人，当你看到她的时候，你看到的不是她的眉毛眼睛鼻子嘴，你只会想起远方，想起天涯海角，想起海上洁白的船帆，想起蔚蓝，想起一些最纯净而宏大的事物，因为真正的美是让人丰富，让人盛大，让人感到天地即在眼前！让人想起风吹岁月的美好……"

　　"此话听上去挺有道理！"我表面淡淡地说道，心里却已经很佩服王九了。

　　"那当然！而且越美的美人让人想起的远方越远。比如小翠，对，就是隔壁小翠，卖凉皮的，我看到她啊，就想起镇上的长街和几座寺庙围墙；而看到小芬，我就想起咱们那一年到县城买砚台的下午，晴朗干净的县城……"王九只到过县城，所以他最喜欢的一定是小芬，我是清楚的。

　　"公子最喜欢谁？"王九忽然问道。

　　我凭什么告诉他，我有暗恋的自由，也有保守秘密的权利。

"我想公子一定对琴小姐感兴趣……"王九竟直接提出万年巷刘府的琴小姐。

很奇怪，王九一提琴小姐，我眼前居然自动浮现出那一年上开封府赶考的情形。我出门的时候是春天，万里春风浩浩荡荡，我想起开封府郊外的油菜花，想起一个下雨天我和王九避雨的屋檐……

我并不是那次见到琴小姐的，而且那次出门我根本没有遇见她，只能说琴小姐算得上是个有一定远度的美人，可是我并不太喜欢她，觉得还可以遇到更远更美的人。我摇摇头，王九信了，知道我并不喜欢琴小姐。他大着胆子说："不会是王云吧！"

"王云？"我一时想不起来是谁。

王九提示道："王财主家的……"

"呃，我想起来了……"我眼前浮现出村子东头的麦秸垛，"对，王云就像麦秸垛……"我对王九说道。

这时，大街上有人高叫："不好了，洪水要来了……"

没有下雨，干旱了一个冬天，哪里会有洪水，我完全不去理睬。但王九却马上穿好大氅，提好趿拉着的鞋子，就往外跑。

"王九，怎么回事？"

王九一边跑一边扭头说："公子，这个声音是刘师傅的，不会有错，快逃命吧……"

刘师傅我清楚，常年在外仙游，是个预言家兼街头算命先生。这两者可不是一回事，所以我是分开说的。算命是糊口，预言是刘师傅真正的追求，因为没人相信，没有市场，所以总是弄不到钱。

但这一次全村的人都信了刘师傅，据王九推测是源于刘师傅失恋了，失恋的人总是会让人对他产生一种莫名其妙的信任。所谓"情场失意，卦场得意"也。

我和王九奔逃在浩浩荡荡的人群里，四周田野干旱，撕裂的口子足以陷进去一头牛。

我们于一个傍晚来到县城，我狠狠心掏出一把大钱，住进一家客栈。客栈老板的女儿给我拿房门钥匙时，我借着烛光看见了她秀美的容貌，我想不远处的王九也一定看到了，我们很久没有接她递过来的钥匙……

钥匙是如何递到我手上的，我是如何走到房间门口并打开房门的，已全然不知。

"公子，我想到月亮，想到天上的星星……"后来王九对我说道。

"你到过月亮和星星那里？"我一边漱口一边揶揄他。

"据我所知，每个人都到过那里……"这家伙的诗意总是那么势不可当，王九说着就站到窗前看星空了，不一会儿幽幽地传来一句话，"公子想到了什么？"

"什么？"我一愣。

"就是看到她时想到了什么？"

　　其实我不想对王九说，我不想听他说到月亮和星星，那么美，那么远。而我看到她时，我没有想起远方，但流泪了，真正的美总是让人感到忧伤。那一刻，我想到的是柴米油盐，想到的是每一个黎明和黄昏篱笆院子升起的炊烟，想到她穿针引线地缝衣服，想到她为我剪指甲，给我端来她做的餐饭，饭后沏来一碗粗茶，想到她每一根白发……

　　我甚至觉得，看到她或想起她时一点儿都没有距离，仿佛我们在一起过了一生一世，从来没有走出一个小院子。

（原载《小小说选刊》2018 第 10 期）

告白

一

你，一定记不得那是什么时候了，我打马走过你的门前。你那时节正做新娘，红盖头盖着你那我想了多少年也想不清楚的但一定很美的脸。你一定没有看到我，虽然你会从盖头下不时偷偷瞅下四周，但最多你能看到我胯下那马的马蹄。

那时，街边的桃花都开了，漫山遍野的苹果花也开了，其实你并不认识我，你为什么要认识我呢？你这辈子都没有到过西域，而我是第一次来到中原。你一定很满意这门婚事，很满意你的夫君，不然你为什么会笑，我听见你隔着红盖头对丫鬟咯咯笑了。是不是你的丫鬟对你说那小子很帅，是不是丫鬟又对你说他府里的墙上镶得都是玉石？

你一定不记得我手里拿了一枝桃花，我知道我来迟了，因为一杯酒，让我看错了日子，我不该骑马来的，我忘了有更快的方式！我没想到你那么快会同意这门亲事，我记得上一世你的慎重！

　　不要紧，我打马走过，就像从来不记得你。桃花我就插在一条河边，马我就留在草场上，我知道我还会遇见你——

二

　　又是一年赶考时节，街上匆匆忙忙走着一个书生，他刚从一家小饭馆里出来，他显然没有吃饱。是的，他只是喝了一碗不要钱的面汤。他身上的衣服很破旧了，他的箱笼也很不像样子，上面的篷子已经没有了，他这个样子很难考中的。大街上的人都认识他，说他每次都发挥不好，功名于他是无望了。

　　他又站在那个路口等那个小姐了。具体说应该是等一顶轿子，因为他并没有见过轿子里的小姐，他想当然以为轿子里一定有个漂亮的千金小姐。那顶粉红色花边的轿子，每月初六都会从这里路过，并抛出几两碎银子。不知是不是有意的，银子每次都被书生接住，连掉到地上的机会都没有。

　　后来，书生虽然没有考中，却迎娶了小姐。据说那小姐有一天忽然做了个奇怪的梦，想起了前世的约定，为了还愿，这辈子她决定要嫁给一个落魄书生，为此她几次以死相逼，到底还是和书生在一起了。

　　可是，这一世你还是搞错了，我并不是那个书生！这一世我是你青梅竹马的邻家大少爷，我们指腹为婚，本该有完美的一生。你一直喜欢我，喊我哥哥。我曾经为你折梅花，曾把油菜花给你戴在发间。我曾在桃花树下对天发誓要娶你，而你当时害羞地答应了。那些誓言都不作数了吗？那些害羞都不作数了吗？

为了那个书生，你居然着了魔似的，发了疯寻死觅活，非那小子不嫁，你以为你和他有前世的约定？那一刻你忘了我吗？

我把家产全部捐给了千里之外的一座寺院，然后就消失了。后来世间多了一个得道高僧，会写缠绵悱恻的诗，会唱惹人泪如雨下的歌。

<h2 style="text-align:center">三</h2>

我穿越万千个时代，总能在任何时候任何地方找到你，但你总是不认得我。你总是不知该去哪里找我，我知道你也一直在找我，可是你忘记了我们前世的约定，你忘记了我的模样，忘记了一切的一切该从何说起。

你一定不记得宋朝苏州城你家门前的那块石头了，那就是我啊！日日看着你去河边洗菜，看着你上轿，看着你哭看着你笑，看着你慢慢变老。你曾彻夜坐在那块石头上，你知道我有多欣喜吗？尽管我知道你是在等那个逛花楼的公子回家，可我还是感谢那一次他的彻夜不归！我感受到你的焦虑和体温，你感受到的一定是我冰冷了千年的心……最后，在多年后的一天夜里我破碎成尘土。

你还记得明朝万历年间你住在开封府的日子吗？你回娘家时，出大梁门后，常常喜欢走一条石桥，你说你喜欢那石桥的样子，总觉得这石桥是一个汉子，扛得起风雨！你年年回娘家都从石桥上走过，春天石桥边会开满花，每一朵都是我献给你的，你难道没有发现？那些花在开封府别的地方真的没有。你说你喜欢那一草一木，你知道我多高兴吗？后来，在一个风雨夜，石桥塌了。你当然不知道，你什么都不知道！因为石桥知道你已经转世去了秦淮河畔。

我知道你去过秦淮河畔，去过苏州杭州北京城，你做过千金小姐做过侍女丫鬟。我也知道你一直在寻找我，我一直就在你身边，但你从来没有找到我。你上一世折过的柳条不是我，你端到屋子里的海棠花不是我，你点到眉心的染在指甲上的波斯红不是我，我是你门外寂寞的一棵草，我是你无心掉落的一颗珠子，我是你不曾仔细看过的一段流云。

世世代代我都很难过，而你也总有一种忧郁难舒展！

我曾变作一条河，只因为那天你说要去河边玩，可是你被树根伤到了脚踝，你没有走到我为你清澈了一辈子的河水里，后来我就伤心地干涸了。

我曾变成一阵风，天热时吹拂你的窗户，天凉时在你屋外徘徊，可是那一世你为什么总是咳嗽？让我不敢靠近你，只是每当看到你莫名地发呆，总觉得与我有关！

四

　　"这就是你偷那个花瓶的理由吗?" 女警对美丽女子问道。

　　"难道你听了那样的告白还无动于衷吗? 这一世,我一定要认出他……" 女子定定地望着窗外电线上的一只麻雀。

每到春来

　　人生天地间，忽如远行客。那个《古诗十九首》里的男人，是两千年前的春天出门的。两千年前北方的春天很端庄，棱角分明，眉是眉眼是眼的，不像现在的春天表情模糊，立场凌乱。

　　那些细细的草都长出来了，那些碎碎的花都开在了崖畔。天蓝得让人感动。那个生活在北方小城的男人穿着祖上留下的锦衣，背着书箱，书箱里装着自己的文章，求功名的简介，以及换洗衣裳和妻子的首饰，他还带着妻子的殷勤叮咛。

　　他于门外的春风前撩了撩鬓角的两根头发，他刚要带上木门时，妻子还是忍不住追了出来，在香草小径上，在石砌的院墙前的梨树白花下，他再一次握着她的手，再一次说那些豪言壮语，说多则一年，少则半载，定会荣归故里或接她到大城市生活。在温暖宜人的春天早上说这些话，是很容易让人信服的。然后她就松开他的手，他们分别，在青草遍地，杨柳依依的春天，他转过那个开花的墙角，折断了她的视线……

　　她不奢望他能够半年回家，也不奢望几个月能收到他的信，她把日月当作窗外的镜子，昼夜想着他，从日月里望见他。可是，一年又一年，他一直没有回家，两千年过去了，至今他没有回家。他或许还在某一个冬天踟蹰，或因花光了盘缠而前途无着无脸回家，流连在洛阳或南阳的街头，盼望着命运的垂青；又或者他功成名就迷恋上了另一个女子，乐而忘返……家里那个痴情的女子还在等他，每到春来，面对着楼前青青河边草，面对着郁郁园中柳，花朝、月夜，数着天上的雁阵，在诗歌里等了他两千个春天。

　　江南的杏花天，湿漉漉的深巷，紧闭的木门，苍苔爬满石墙，有伞或无伞都无妨。也许无伞更妙，江南的春天不需要躲雨。那个男人，也许就是来自北方小城的男人，站在桥上或谁家屋檐下，走在青石板上或青草地上，走得久了，他遇见一个有着潮湿眼神的女子，带他来到一处院落，那女子为他弹琴，为他煮饭，为他洗衣，他只需要含笑望着她，夸奖她绣的荷包，为她写一首流传千古的绝句，她就会粲然一笑，她的齿间有一道光，像北方小城夏夜的流星。

　　也许他并没有遇到那样的江南女子，也许他从来没有走到江南，反正他没有回故乡。他的书箱里早已没有了文章、没有了简介、没有了妻子的首饰……他在白天的酒馆里和人谈论名马和古董，在夜晚数星星，那些星星像金币或银币，在他的手指间哗哗作响——只是每到春来，他都会莫名地感到一种牵挂，一种遥远的思念——他不时会想起等在家里的女子，你看他发呆时的眼神，里面有千年的寂寞！

　　这种思念来自天空的雁阵，来自绵延天涯的青草，他忽然忆起了多年前的一个春晨，她在窗前整理云鬓，她随手拿了一朵刚刚落在窗台的杏花，插在发间，杏花一瓣一瓣散落开，她才发现拿错了，她的头饰还在窗台上放着。他们相视一笑：每到春来，她都会拿错一次头饰！

　　而现在，他明白，她再也不会拿错头饰了。

　　　　　　　　　　　（原载《焦作晚报》2017 年 3 月 2 日）

望峰花

她穿着棉麻布衣裙，裙角拂着一地古老的阳光，绿色植物长在土墙上。墙上那处凹进去的地方，放有香炉。树影摇动，却从来不是因为风，是她的走动，让墙上的树影成画。

阿谅在小窗内望着芷凤，那些暗淡的日子也因此变得明亮起来。

论武功，阿谅远不如芷凤，不仅因为她是师父的女儿，更是因为她天赋异灵，年纪轻轻就当上了支派掌门。而他初来乍到，笨拙而胆怯。论长相，她是天仙，而他常常被师兄弟们嘲笑。她轻轻走过，带起一丝异样的风，让他站不稳。

要不是天下大乱，阿谅现在可能正在沔阳乡下打鱼种田，打一切可以打到的鱼，种一切和相思无关的庄稼。

师兄弟们每天都围着芷凤转，吵吵闹闹，阿谅常常远远地望着，默默不语。她的目光总是越过那些帅气的师兄弟，望向阿谅那落寞的身影。

阿谅常常被师父罚扫地。扫地的时候，芷凤总是来捣乱，那些秋叶呀枯枝呀，总是被她带来的风弄得乱糟糟的，他并不恼，因为在他偷看的师父的书上有云："只有喜欢你的人才会打扰你！"

一天，阿谅笨拙地采来华山脚下的花，是一种很碎小的紫色花，鼓起勇气送给她。她问是什么花，他答不上来，就胡编了个名字：望峰花。

"我怎么没听说过这花名？"她又认真看了看那花，顿时觉得那花很不一般，"但这花却好像经常见到！"

"不一样，绝对和你见过的所有花都不一样。"他突然就有了继续编下去的勇气，"望峰花只生在山脚下，却一直仰望着山峰。它如果生在山顶，是开不出花来的，当然也就不会叫这名字了。"她认真地听着，像个小姑娘似的望着他，佩服他懂得真多。

那年秋天，他总是在扫地，她那一袭红衣就总是在秋叶上翻飞，他说："你每天都没事情做吗？"

"有啊，我在绣一件锦衣！"她眨巴着美丽的眼睛说。

她只是在绣累了的时候，才来他这里消遣，他这样想到。

他很想看看她绣的锦衣和绣锦衣时的样子，可是她说："锦衣在未成之前，是不能被外人看见的。"听到"外人"二字时，他心里微微一冷有点儿疼。

那一年，阿谅相思了一年，始终对她开不了口，那一年他一事无成！每一天每一夜都在痛苦中度过，却还是失去了她。

他不知道的是，她所绣的锦衣，就是他。她所有的干扰，都是在教他功夫，他的武功却没有突飞猛进，他从未舍得改变被她拂乱的落叶的轨迹。她一急，就好几天不理他。

师父在一次战斗中受了重伤，临死前让芷凤嫁给老朋友的独生子——二师兄，说那样才可以光大华山派。当然，二师兄很优秀，曾一个人独闯塞外救回王爷。

阿谅不想看到芷凤出嫁，便独自离开了华山派……

好多年后，当阿谅坐在龙椅上，想起往事的时候，一点儿都不后悔自己那一年的相思，一切都如如今的不快乐一样真实。如若没有当年那种彻夜难眠肝肠寸断的相思，他不会有后来的狠劲，他感谢曾经认真的自己。曾经一腔柔情的他，变得异常残暴，却也会耐心地教导小女儿写字：中孚谅可乐，书此示家人。中孚是一座山名吗？小女儿问，他不答，他知道小女儿长大就明白了。

在他兵败身死之后的某年，小女儿以此诗打开了一座传说中父皇藏宝的山洞，但里面并没有宝藏。小女儿只发现洞壁上画了一种花，旁边写着"望峰花"。小女儿想起这是小时候父皇常常教她画的花。父皇总是在画完后，认真写下"望峰花"三个字。

望峰花究竟是一种什么花，无人知晓，也许只是普普通通的山茶花或野菊花。

年老的芷凤一个人住在距离华山很远的一座山的山脚下，开门即可望见青色的山峰。石头房门前种了很多花，她喜欢晴朗的夜晚，满天星星眨着眼望着她，似故人。她喜欢刮风的秋天，那飒飒的风声，仿佛多年前她一次次走过，弄乱了阿谅刚扫过的叶子……

曾经有人认出了她门前所有花的名字，可她却说："不一样，绝对和你见过的所有花都不一样。这些花虽然颜色、形状、香味不一，甚至开放的季节也不一样，却有同一个名字：望峰花。"

"望凤花？所有花都是一个名字？"那人念叨着，"是望凤凰的花吗？"

芷凤闻言，泪如雨下……

子夜梨花

　　这是两千年前的夜晚，说一千九百九十九年都不对。这不是一个大概的数字，这里的两千年必须是个准确的数字！

　　对于一个等待中的女子，一年并不是你嘴里说说就能算了的数字，也不是你可以忽略的可以四舍五入的数字：那一年里有多少魂牵梦萦，多少严寒酷暑，多少风霜雨雪，多少柴米油盐！对于一个思念中的女子，每一餐饭每一个夜晚都是刻骨铭心的。所以，准确的数字才是对一个等待中的人的尊重。

　　两千年前的夜晚当然很黑，伸手不见五指。如果是晴天有月亮的晚上，月亮会很亮，月光会照在古老的大地上，会把远山近水都照耀得如同蒙上一层薄纱——是的，两千年前的月亮和现在的月亮不太一样，那时候的月亮表情清晰；如果是没有月亮的晴天的晚上，星星一定会很亮，那多如黄河沙砾的繁星，个个如钻石、如水晶一般发出璀璨的光芒。

　　的确，曾经有一个这样的夜晚，风吹着世上所有不安稳的事物：比如有些犹豫的树梢，有些彷徨的云彩，比如街角谁家若隐若亮的灯笼，比如谁家孩子的哭声，比如谁辗转反侧的睡眠。

那个大河之畔的女子，此刻忽然醒了——也许她根本就没有睡着，她忽然就在一个有月亮的晴朗的夜晚失眠了。她究竟是闻到了一种味道还是梦到了一种颜色已无可考证，反正她就那么忽然醒了。

原来是院子里的一棵树突然开花了，这棵树是第一次开花！她下午出去喂鸡时就看到了的，只不过当时心里微微一动，并没有太过在意，白天她要忙的事情实在是太多。

这是他当年种的树，她并不知道这是棵什么树，他种的时候没有说，她也没有问。一棵树，对于他或她，当时并不是多么重要，重要的是那时他们拥有彼此，世界上的事情都变得不必关心细节。

而此刻，就在这个夜晚，月亮照耀的春夜，她忽然觉得那棵树无比重要，那棵树开的花当然更加重要。对于一棵第一次开花的树来说，你不能无动于衷，不能视而不见，她懂。就像当年，她第一次画了眉涂了胭脂，她看到他眼里那些热烈闪烁的欢喜。

这样的夜晚，春雨不眠亦不休地下了好多天终于停下来了。是个晴朗的夜晚，月光白得让人想流泪。院子里有一树洁白的花，在最黑的阴影里也能够看得见，那花是会发光的。

她望着那棵第一次开花的树，那棵树仿佛也在望着她，月光就铺在她和树之间，很安静的白月光，很安静的开花的树，很安静的女子。她此刻最关心的是这棵树的名字，她希望它能告诉她。

渐渐地，月光在移动，看了很久很久，月光终于照耀在了这棵树上，她终于认出来了或者说是想起来了，这是棵梨树，现在开了一树新鲜的梨花。月光照在梨花上，分外凄凉。她认出梨花，想起他和她告别时，他们在长亭边看到的梨树正一身白花。

曾经有一个这样的夜晚，如时间长河的一粒沙，一个平凡女子的一个夜晚，史书上当然不会记载！

那个无眠的女子，看见春夜的月色，披上薄衣，也不点灯，坐在窗前，她看见院子里寂寞的月色，看见鸡窝上的微霜，看见篱笆上的春花，她在想一个远行人，想梨花开满枝头时他的离开……

是的，他离开时是另一个春天，有另一树梨花。正因为她记得那树梨花，才认出这子夜的梨花，仿佛它不是第一次开花，她和它早已相识，她和它都在怀念一个离别的人，那个亲手种下梨树的人。

如今这个女子仍然坐在两千年前，他种的梨树在她眼前开了两千次梨花，又两千次落满她的庭院，可他只离开了一次，再未回来。

（原载《焦作日报》2018 年 5 月 6 日）

我的哥们儿曹操

　　我的哥们儿曹操，他其实是个文学青年，早熟，多愁善感。那年我们一起在东汉大学念书，睡在我上铺的就是他。

　　那时候天总是很蓝，地总是很黄，日子过得古色古香。要不是因为校花小乔的出现，曹操也许会安心做他的学问。可是，据孔夫子研究：恋爱是可以改变一个人的，尤其是单相思，最是打击年轻人，使之改变人生轨迹。

　　那天，我和曹操吃过饭去水房打开水。人很多，曹操排在一女生的后面。轮到那女生打开水了，她忽然扭过头——多美的一张脸啊——对曹操说："怎么办？我的青铜水杯打不开了。"多好听的声音啊。

　　曹操一听，机会来了，忙结结巴巴地说："那——让我先打吧！"

　　没想到他竟不帮那女生拧杯子，我鼓了勇气，正要帮那女生，只听一个男中音响起："小乔，来，我帮你！"原来是帅哥周瑜。

我和曹操端着开水，坐在路边石头上。我说："孟德，你刚刚错过了一个机会，难道那个女生你没看上？"

曹操喝了一口水，也许是呛着了，咳嗽了半天，什么也没说。

但从此，曹操开始喜欢写诗了，过去他总爱写《黄金与黄铜的区别在哪里》这样的人生哲理性文章，无人赏识，可现在，他忽然写起了分行的长短句。

他在厕所的墙上，用刻刀刻下：

对酒当歌，

我看见你拧不开水杯。

人生几何，

当时我居然错过机会。

譬如朝露，

一瞬间让周瑜抢了先。

去日苦多，

如何打发想你的晨昏。

此诗在洛阳期刊《纸贵》上发表后，引起一股"水杯"体的新诗风潮。我说："孟德，借此机会，可向小乔表白，说你那天手疼，无法帮她。她看到诗后，一定会懂你的。"

谁知此人多疑，犹豫着，不去。我又说："人生几何，表白要趁早，早表白早拒绝早安心。"其实是我最喜欢看表白了，表白什么的最感动了——不管成功不成功。当其时，小乔已与周瑜闪婚。

曹操心一横，说："在我表白之前，先要灭了周瑜，让她死心跟我！"

我说："周瑜有黑社会老大孙权撑腰，不大好惹！你还是直接表白为好。"其实我最喜欢看三角恋了。曹操一笑，我看到他眼中充满了不可思议的勇气。

曹操纠集了八十多个无业青年，说好了每人一碗烩面。与周瑜约好在一个叫"赤壁"的澡堂子决一死战。为什么选在澡堂子？因为那里没有校领导，没有治安人员，是学生们寻衅闹事、打架斗殴的理想场所。

孙权给周瑜派来了二十多个打手，还叫妹夫刘备带着几个把兄弟过来，说好了挨过打之后每人十张澡票。刘备的手下诸葛亮还请了个叫东风的高手前来助阵。

照例打架之前先吵几句。

曹操："周瑜你有什么可牛的？"

周瑜："你有什么可牛的？"

曹操："你是研究生，我也是研究生。"

周瑜："我是帅哥！"

曹操："你哪里比我强？你是双眼皮，我也是双眼皮；你是高鼻梁，我也是高鼻梁！"说着就恼了。

曹操仗着人多，蜂拥而上。可是，周瑜诡计多端，竟在澡堂子里燃放烟花爆竹，一时乱作一气。曹操纠集的八十多个青年本来就彼此不熟悉，最后竟互相对打，曹操也被周瑜、刘备揪掉了几缕头发，狼狈逃走。

我装作搓澡的，才逃过一劫。

后来曹操就不上学了，画了无数张小乔拧水杯的印象派开山之作，在他家墙上贴得到处都是。一个巫师朋友看到后，说：“孟德如此痴情，我想，我可以帮你。”

曹操给了巫师朋友一百块钱加糖葫芦两串。

可巫师朋友收了钱吃完糖葫芦后竟不知所终。

好在周瑜自己不注意养生，竟英年早逝。

曹操兴奋异常，忙跑去见小乔。他想，这下，终于可以表白了。我慌忙跟去看表白。

他来到小乔家门口，苦苦等待。

那时候是冬天，有冷雪飘在脸上。小乔一身素服出现了，多美的一张脸啊！曹操忙走上前，一激动摔了个狗啃泥。小乔低头一看——是他——忽然觉得自己前所未有的口渴，仿佛自从上次打水时没有拧开水杯，就没有再喝过水似的。她从袖子里掏出一个青铜水杯，递给曹操：“怎么办，我的青铜水杯打不开了。”多好听的声音啊！可如今听来，这声音恍如隔世。

曹操忙颤抖着伸手接过，去拧，竟怎么也拧不开。

原来，那水杯只是个青铜模型，根本就打不开。他似乎明白了当年小乔的意思，但小乔惨淡地一笑，走了……

隔着桃花的天空

　　那个午后，天气已有些热了，风尘仆仆的公子来到水边，没有人知道他是刚刚从远方回来，还是又要去远方？他的仆人王九为什么没有跟来？难道他和王九吵了嘴？指天发誓以后出门谁也不带谁？公子从来不会拉那种带轮子的拉杆箱，也不会傻乎乎地背着一个大包袱，他只是肩上挎着一个小包，贴身装着一个钱包，没有换洗衣裳不要紧，没有洗漱用具不要紧，潇洒，最——重——要！

　　水波浩渺，此时人们都在休息，在不远处柳荫下，有一叶小舟停泊。公子对着小舟望了大约一盏茶的工夫，小舟一直安安静静，没有人声。他想起王九对他说过，沉默是最大的陷阱。于是并没有走上前，而是弯腰捡起一颗小石子，他没有注意自己的锦绣衣服被一棵树的树枝挂住了，直起腰的一瞬间，刺啦一声，衣服扯破了两寸长的口子。到底是公子，他不管不顾，依然饶有兴致地把小石子往小舟边的水里扔去。一石激起一朵浪，舟中并无人被惊动，倒是水上一片荷叶上的青蛙被吓得连跳三下，躲得无影无踪。

也许公子终于想起来和王九吵了嘴的事吧！他想不该怕王九说的那种沉默，走上前，对着小舟问了一声有没有人。她从船篷里露出半边脸的一刹那，两个人都愣住了。

多么俊美的一张脸啊！两个人同时这样想。既然两个人同时这样想了，我就不介绍他们的长相了。

他问她船走不走，他要到对岸去。她笑出了声，说船就在水上，走不走也就是一篙子的事。他犹豫着，不知她说的意思到底是走还是不走，也不知自己该不该上船。

她笑得更响了，把船靠近岸上的一块大石头，示意他上船，他站在石头上，登舟，然后她解开缆绳，撑起长篙，点了一下水……

他坐在船舱里，望着小桌子，小桌子上有一壶茶和一个浅浅的茶碗。他好久才发现船舱里还有一个人，在最里面睡着觉，是一个老太婆还是一个老头，他弄不清楚。

她划着船，不时看他一眼。从她的微笑里，他感到她认识他，或者说她喜欢他。

到岸后，他付钱给她。她笑着接过，并不推辞。

在他登岸后，她忽然喊了一声，公子，还记得刚才那棵树吗？

他低头看看自己衣服被挂破处，说记得，它挂破了我的衣服。

她低头说了句，你莫怪它，它是棵十岁的桃树，它太调皮了，你若一个月前来，你会喜欢它开的桃花。

他望着她撑船走远，然后向开始热闹的城里走去，走了好一会儿，他忽然想起什么，又往回跑，跑着跑着眼前就浮现出十年前的场景：八岁的他折了一枝桃花，送给一个小女孩，小女孩一手接过桃花，展开另一只手，手上是一个木头刻的小舟。她说她和爹爹一直在水上，特别喜欢小舟。他接过木刻的小舟，仔细端详，他看到木刻的小舟上有两个人，一大人一小女孩。她说要把他送的桃枝种在水边，如果栽活了，以后年年春天都会有桃花开，就等于他送了她无数个春天的桃花。他笑说，如果可以栽活，是不是可以年年折许多桃枝种下，不久就是一片桃林？她摇摇头说不好，那样我就找不到最初你送我的那枝桃花了。

他知道现在那个小女孩已经长大了，可他一直带在身边的木刻小舟里的她却还是那么小……

他记起他们当时是在一座老房子的门前，那是他们第一次遇见，他没有问她家在何处，她也没有问他，小孩子嘛，问那些做什么？那座老房子没有人住，爬山虎的枝叶缠绕着整座房子，门前的小路长满青苔，她说她喜欢隔着桃花看高高的天空，他记得当时天空上有一朵桃花一样的云彩，至今如在眼前。

（原载《大风》2017 年第 4 期）

爱诞生

一

　　洪荒初过，大地一片荒芜。一条浑黄的大河在不远处闪着光，几只瘦弱的小鹿在河边喝水。

　　一个男人，手里只有一个苹果，他走在五十万年前的原野上，他的前额低平，眉脊骨粗壮，颧骨高突。他遇见一个女人，女人喊了他一声，女人饿了，盯着他的苹果。他犹豫了一下递过去，她快速将苹果吃下，将果核埋在土里，她有这个习惯。

　　女人走后，男人用石头围住那个埋果核的地方，根据他的经验，这儿会长出一株果树。

　　大雨，男人从洞里向外望。枞树下，又是那个女人。

　　他友好地邀请她来洞里避雨。他热情地拿出他存了好久的食物：核桃、兽蹄、燕麦粒。她一定很饿，吃了不少，就着他喝水的蚌壳喝水。她看到他用石头在石壁上刻着什么，洞壁上到处都刻着乱七八糟的图案，她看不懂，望着他，他对她友好地伸出手，她拉了拉他的手，他忽然抱住了她……

天亮，雨停，女人不辞而别。男人望着西边山上的蒿草，想起母亲死去时，他还很小。他想那个女人，像母亲一样，有饱满的乳房。

他经过石头围着的地方，发现那里长出了新苗。

没有等到苹果树长大，男人遇到七匹狼，狼牙插入喉咙时，他的眼前浮现那个女人的身影……

二

女人来到男人的洞里，男人不在。女人看到陈旧的兽皮、兽骨、石床以及洞壁上乱七八糟的图案和男人辛苦存下的燕麦、草籽。女人在这里住下了。

女人学会了捉老鼠，也捕过一只兔子和一只野鸡。她也学会了用石头在洞壁上刻图案，她每捉到一只老鼠就在洞壁上画一只老鼠，虽然不太像但她画得很认真，她认出男人过去画的有一只羊。果子多的季节，她发现身子有些沉重。她储存了足够吃很久的食物，冬天便来了。她生下一个瘦瘦的男孩。她用男人留下的兽皮包裹住孩子，用自己的乳汁哺育他。她不知道为什么那个男人再也不出现，她想起他有力的手臂……

那时天空经常出现巨大的彗星，那时月亮大得好像触手可及，那时她还不知道什么叫孤单，只是每每抱着孩子在洞口看月亮时依稀想起那个男人。

春天，草长了，原野上生机勃勃。她挖蚯蚓、摸泥鳅、摘蕨菜，可吃的东西多了起来。

一个男人出现在洞口，女人抱着孩子，想赶男人走，便去捡石头。男人伸出手掌——那是一个大鸟蛋，作为见面礼，女人收下，让孩子吃了。男人便留了下来。

男人用石头捕兔子，拿着削尖的木棍捕鹿。女人用鹿皮给男人做了件裙子。

一个雨夜，男人没有回来，女人想，他一定是像他莫名其妙出现时一样，又莫名其妙地消失了——她早已习惯。她摇着怀里的孩子，哼着在枞树下听到的各种鸟叫虫鸣。她不懂什么是歌，但她喜欢。她想孩子也会喜欢的。

她将孩子放在洞里，用石头垒住洞门，出去觅食。她在一条山沟里，找到了鹿皮裙，还有一些被豺狗吃剩的骨头，她一阵难过，悲鸣了几下，将鹿皮裙收在手中，将骨头用土掩埋。她心里有一种说不出的情愫在涌动。

她采了些野果，回到洞中，喂给孩子。

三

孩子慢慢长大，可以随她一起外出觅食了。她教他拿棍子，教他爬树，教他到小溪边挖蚯蚓、摸泥鳅，教他用石头捕兔子。孩子总是往远处跑，她就一直追着他。

孩子来到一棵树下，仰起头看树上新开的白色花朵。

她第一次发现这棵树，因为这棵树第一次开花。树的周围有不少石头，她不明白是什么意思。

夏天，孩子又来到那棵树下，树上结出绿色的苹果，她摘下两个，和孩子一起吃。当她一口咬下，一种遥远的熟悉的味道弥漫在口齿间——这是她第二次吃苹果——她尝出一种酸涩，一种青甜，她忽然流出了泪水……

情书

　　初秋晨练，在小区灰砖步道上跑第二圈的时候，辛先生突然感到一种难以遏制的心慌，他赶紧坐在一张长椅上，喝了口水，心慌渐渐平复。这时，他注意到眼前的一扇木门，也许光线恰好，瞥见破旧木门上有很多奇怪的类似文字的线条。这扇原木色的门他每天都会看到，却是第一次发现这种奇怪的线条！

　　他蹲下看了很久，什么也认不出来。想着继续跑圈，可他突然产生了一种不可遏制的念头：这些神秘的线条一定很不简单。

　　因为这座房子没有人居住，好奇的辛先生便请来了一位文字学家。

　　文字学家掏出文字测量器，戴上老花镜，反复测量这些文字，最后说："这是动物的爪痕。但很不普通，显然是有一定规律的，类似于象形文字，是有意识的行为。如果请动物语言专家来看看，可能会破解。"

一个年轻的动物语言学博士被请来了，他一针见血地指出："这是猫的爪痕！而且很有些年头了！"然后他拿出一张洁白的棉质厚纸，拿出一盒墨粉，拓下了那些爪痕，扬着眉毛对辛先生说一周后出结果。

一周后，辛先生正好遇到那个年轻的博士，博士问房子的主人是谁。

辛先生叹口气说："是个孤独的老太太，刚刚过世。"

年轻的博士望着四十多岁的辛先生，拿给他一张 A3 纸，上面是破译的爪痕。辛先生接过，读到下面的文字：

"你有没有爱过我？"你问他。他提着手提箱，并不停下匆匆的脚步。

夕阳残照，刚刚被轰炸过的城市，到处硝烟弥漫。

他正急着去码头坐船，很不耐烦地甩开你。他是不能带你一起走的，那艘船只剩一个名额。他花了大价钱一定要逃出去。

"求你带我走吧……"你祈求。你精心化了妆，希望他能够喜欢你楚楚可怜又无比动人的容颜。你那么精致，要是一个月前，他会眼前一亮，要是一年前，他会奋不顾身拉着你的手穿越重重炮火。

可他狠心甩开你，搂紧他的手提箱，跳上人力车，直奔码头。很顺利，他上了船，把你留在侵略者即将登陆的城市。

曾经你以为他就是你的真命天子，可他却把你留下来自己逃走了。你绝望地坐在地上哭，望着他离去的方向，那里仿佛就是世界的尽头。你的锦绣衣服沾上了尘土，你脸上的泪和着土，弄花了你秀美的容颜。

你突然听见一阵悦耳的鸟鸣。原来是一只梅花雀，在这早春的枝头啾啾。这残破的城市的早春，还有你死灰般的心，都被那只梅花雀点亮了。梅花雀落在了你的肩头。你想这乱世，连鸟都迷糊了，都不怕人了。你带着这小雀儿回家，仿佛这是他留下的最后的念想了，可不是吗？他刚消失，它就出现了。

你家一岁的黄猫一直想扑咬小雀儿，你不得不踢了黄猫两脚，黄猫也就不敢造次了。好在小雀儿一直待在屋梁上，并没有危险。这天晚上你就听说了，他乘坐的那艘船被炸沉了，无人生还。

他死了！你还活着。

侵略者没有来得及登陆这座城市就投降了。

你和梅花雀相依为命，把它当作他，和它说话，说曾经和他说的那些话。

以至于有一天，你的猫不见了你都没有注意到。

两个小男孩把猫装在袋子里捉走了。

乱世，人都离散了，何况一只猫，你并没有想过去寻它。过了几年，梅花雀也没了。你一个人住在木头房子里。一个有月亮的晚上，你听到一声熟悉的猫叫，虽然很微弱，却那么熟悉。你开门，是那只黄猫，它很瘦，身上很脏，它一定跋涉了万水千山逃过了千万折磨，费尽最后一口力气回到你身边。你抱起它时，它只望了你一眼，就再也没有醒过来。

我就是那只黄猫，和你在一起的那一年是最幸福的日子。

我用半个晚上在你门上写下这些话，费尽了所有力气，就是想告诉你，我下辈子会住在你的隔壁。

辛先生不敢相信这一切，他问年轻博士："你爱写小说吗?"

博士摇摇头："我只是照爪痕翻译，我也很吃惊这只猫的文采! 对了，这老太太养过一只猫吗?"

辛先生又摇摇头："从来没有，呃，不对——她屋子里一直挂着一幅画，上面是一个大花瓶，花瓶下卧着一只黄猫。那画是她自己画的，她年轻时是才女!"

"看来就算她养过猫，也是很早以前的事情了。这里的房子都是民国的吗?"博士问道。

辛先生说："有的是民国的，有的是新建的。"

博士突然问："她隔壁住的是谁?"

"是我!"辛先生惊呆了，他感到从未有过的心慌……

第三辑　你的那棵树

你的那棵树

　　面前的誓言树终于枯萎了，已经成雕塑的果子妈流下了眼泪，她对也已经成雕塑的果子爸说："他爸，看来果子没有听我们的话……他违背了自己的誓言！"

　　"唉，他啊，不相信这些，他以为这世界没有神话和童话，他也不相信永生……"果子爸也流下了珍珠一般的泪。

　　果子小时候多乖啊！果子妈想起，那还是果子四岁的那年冬天，果子爸出差了，家里只有果子妈和果子，晚上风吹着窗户嗡嗡作响，果子妈醒了，非常不安，她起床看看房门又看看窗户，都上着闩呢，可她就是害怕，她非常不安，她打开家里所有的灯，她又回到床上抱着果子，果子其实已经醒了，他感到妈妈的恐惧，便对妈妈说："妈妈，别害怕，我是男的，我会保护你，我不怕刮大风！"果子妈听了儿子的话，当时就不害怕了。其实在此之前果子连小屋子的黑都会害怕。但从此以后果子变得胆大了，为了向妈妈证明自己可以保护她，他再也没有怕过黑屋子、老鼠、虫子……

　　七岁那年，妈妈听到果子和邻居小朋友做游戏时，对一个可爱的小女孩发誓说长大后要娶她做媳妇。妈妈在屋子里笑了，那个小女孩叫灯子，果子妈也非常喜欢她。妈妈那天晚上抱着果子，认真地对他说："儿子，你发誓要保护妈妈的话还记得吗？"

　　果子点点头说记得，妈妈并不问他今天对灯子发誓的事，只是给果子讲了另外一件事。

　　"果子，妈妈告诉你，一件很重要的事情，就是你永远也不要忘记你发过的誓言，不管誓言大小，你永远不要忘记和背弃。"

　　"永远是多远？"果子问。

　　"一辈子！"妈妈说。后来妈妈想了想，还是给果子讲清楚了："在遥远的南国，在人迹不到的深山，有一棵专门为你而生的树，它在你出生的那一刻发芽，和你一起生长。每到春来，它都会努力生长、抽条。每当你对着谁起誓，微风都会把那些誓言吹送给它，如果你遵守你的誓言，你的那棵树还会在合适的时间开花并结出满树心形的红豆。即便是到了一百年以后的最后那一天，你不得不离开这个世界，因为你此生遵守誓言，那棵树会替你活在这个世界千万年，风雨雷霆都不会摧毁它，它必定会长成你的模样，并必将化为你永恒的美丽的雕塑。它结出的那些心形的红豆也必将永存世间，如红玉如赤金。可是当你背弃你的誓言时，那棵树就开始枯萎；若是你背弃了你所有的誓言，那棵树就死了，它曾经结出的红豆也零落在土里腐烂成泥成灰，一棵树真正的死，是连它的种子都腐烂成灰，让你无迹可寻。忘记誓言的人自己内心也会死去，没有什么留存，也没有什么再会萌芽。"

"妈妈，这是童话吗？"果子眨巴着眼睛问。

"不是童话，这是真的！"妈妈认真地说。

"妈妈，我一定要让我那棵树变成我的模样，千万年长生不老！"果子又发誓了！妈妈看到果子清澈的眼睛里有一种类似敬畏的东西。妈妈重重地点点头，紧紧抱住了果子。

果子一直记得妈妈说的在遥远的南国有一棵属于自己的树。他对灯子很好，不管上学放学都等着一起走，有好吃的都会和灯子分着吃。他学习非常好，考上了名牌大学，毕业后又考进了市政府，他娶了灯子，求婚那天发誓一生一世对她好。灯子感动得哭了。

可是，不知从哪一天开始，果子变了，他讨厌妈妈的唠叨，厌倦灯子做的饭菜。他开始晚归，以至不归。

终于妈妈把他叫到跟前，问他："果子，你还记得吗？妈妈给你说过的你的那棵树？"

谁知果子一听就笑了："老妈，您当我还是小孩子呢？哪里有那种树啊，我可是全世界都到过的，根本没有，听都没听说过。"

妈妈在果子眼睛里再也没有看到那种清澈的敬畏。妈妈很担心，她感到恐惧，她也把这种感觉告诉了果子，果子却又笑了："妈，我说过保护你，一点也不假啊，你看现在谁敢欺负你?"

"可是,果子,妈害怕⋯⋯"

"你呀,老糊涂喽⋯⋯"果子说完就出门了,根本没有注意到妈妈已经在瑟瑟发抖了。

果子和灯子离婚了,果子妈找到果子,哭着说果子不能忘记自己的誓言,灯子是多好的女孩啊。父亲去世以后,果子妈每天更是唠叨个没完没了,说果子呀做人不能忘本,不能学陈世美,不能天不怕地不怕,要老老实实本本分分,电视上不也一直说不忘初心吗?果子你要对得起你那棵树⋯⋯

一说到树,果子就觉得老妈已经糊涂了,就不再理睬。

果子还经常会发誓,在发誓的过程中他一步步高升,在发誓过程中他拥有了数不清的财富。

果子妈去世时果子已经是权力很大的局长了。果子给老妈办了很隆重的葬礼。果子新娶的漂亮妻子哭得非常悲痛。

果子妈和果子爸去世后,并不知道果子都干了些什么,但他们的灵魂在遥远的南国寻到了属于自己的树,并且认出属于果子的那棵树。果子的那棵树和老两口的树在同一个山坡上,一家人都会在一起的。果子爸妈看到果子那棵树情况非常不好,非常担忧,他们多想劝劝果子,多想让果子来看看他的那棵树啊!可这是做不到的,他们去世了,无能为力。他们知道果子已经不相信永生了,果子天不怕地不怕,一点儿也没有敬畏之心,果子妈生前就知道果子经常收别人的钱,可她拦不住果子,果子后来做什么也不让她知道了。老两口的树后来变成了雕塑，他们站在一起忧伤地看着属于果子的那棵树枯萎，灰飞烟灭……

　　"我一定要让我那棵树变成我的模样，千万年长生不老!"果子的那句话还在妈妈的耳边回响。

　　　　　　　　　　　　　（原载《洛神》2019 年第 1 期）

飞仙记

　　胖厨子在苏炽的后脑上敲了一下，苏炽就晕了过去。

　　然后苏炽做了一个梦，他梦见找到了小慧，小慧倒挂在秋千上，春日的和风吹拂着她，她在对苏炽微笑，说："炽哥哥，你终于来了……"苏炽飞了过去，待要和小慧一起荡秋千，却看到小慧的脸色变了——她的翅膀断了，她摔了下来。苏炽待要去救，却发现自己掉在了水里，而且那水越来越高，淹没了自己，自己一点挣扎的力气都没有了，以往，他在紧张的梦里都会及时醒来，而这次，他难过地发现再也无法从这个梦里醒来了……

　　他在梦中对小慧说："对不起，小慧，我来迟了……"

　　小慧绝望地闭上眼睛，流下两滴泪水，说："对不起，炽哥哥，是我连累了你……"

　　苏炽出发找小慧之前，和恶魔首领进行了一场决战——南洞山决战，恶魔首领祭出漫天毒雾，苏炽忍受着毒雾带来的眩晕，一连击碎十八个洞窟，把恶魔首领一步步逼到丛林深处，苏炽放出真火，丛林大火烧了七天七夜，恶魔首领无路可逃，苏炽终于将之收入火鼎之中！恶魔首领被捉之后，群魔无首，纷纷被苏炽的师兄弟捕获。

然后是一场九九八十一天的大雨！

气力将尽的苏炽收起真气，他丹田内隐隐涌动着一种力量，他知道那是被自己封印在火鼎里的恶魔首领的精魂在挣扎，他并不需要担心，恶魔首领受到重创，现在是根本没有能力出来的。

苏炽走出被大火烧黑的树林，走出一直下着大雨的乌云之下，来到阳光温柔的小山坡。他现在飞不了，力气耗尽、翅膀折损，都让他不能飞。当然，如果他愿意，现在他哪里也不需要去，他胜利了，四海太平，大火也为大雨所熄，没有什么要紧事需要他去做——除了去找小慧。

可是小慧在哪里呢？小慧走失好多天了，苏炽和恶魔首领开战前，小慧就不知去向了。据师父推测，小慧是被贩卖到荆楚国了。苏炽当然要去下界找小慧，除掉恶魔首领之后，这是他最挂心的事了。母亲说小慧将来会是他的妻子，他从小就喜欢小慧，喜欢她那双明亮而狡黠的眼睛，两人一起飞檐走壁，一起倒挂在秋千上看云。师父告诉苏炽，在祖辈们生活的圣水洞中，有一眼泉水，喝了身体就会变得雪白，从此长生不老。苏炽打算找到小慧后，带小慧一起喝，两人就永远住在泉水边，一起长生不老，一起成为雪白的千岁飞仙。这些事想一想就觉得美！

苏炽身体里的火鼎，必须时刻保持火力，恶魔怕火，苏炽也是靠七天七夜的大火打败并封印了恶魔首领，他一直运行着这真气，保持着火鼎的燃烧。他要永远把恶魔首领封印起来，只要过了七七四十九年，恶魔便会灰飞烟灭，他有这个把握！三百年前，苏炽衔鼎而生，稍大点儿，他就吞下了那只鼎。三百年来，他的内心始终燃烧着一团火。

苏炽想起小慧是某一个清晨不见的，一点儿征兆都没有。他寻遍飞仙们居住的地方后，就来到了荆楚之地。听说，城里有一个集市，那里囚禁了很多飞仙。苏炽也被告诫过，那个集市万万去不得，那里到处是飞仙的牢笼，搞不好自己也会被捉住。

但是苏炽心想恶魔首领都被自己打败了，不会有什么危险的。他在一个傍晚潜入集市，在众多的吵嚷声中，寻找小慧，可是他刚在集市里转了两小圈，就被一只结实的网罩住了……他要使出法力挣脱的时候，才想起来，在下界，飞仙是没有法力的。

苏炽在生命的最后叫道："别，别杀我……恶魔会出来的……"可是没有人听得懂他的语言。

胖厨子割开苏炽的肚子，他看到里面有个硬硬的东西，直接抠出来扔到垃圾桶，然后就着水龙头把苏炽洗净，扔进了汤锅里……

被扔到垃圾桶里的火鼎早在苏炽晕过去后就熄灭了，只关了一年的恶魔首领，回了一下神，扶了扶头上被压扁的王冠，弹掉上面的灰烬，得意地逃了出来……

　　"今天这道菜，叫'五福临门'。"那个请客的家伙得意扬扬地对朋友们说道。

　　苏炽和另外四只蝙蝠，端端正正地坐在汤盆里，其中，也有小慧。小慧就在苏炽的对面坐着，像他们第一次在群仙宴上那样坐着，内心平静，谁也没有看谁。

（原载《嘉应文学》2020 年第 3 期）

放生

春三月，开封府集市上热闹非凡，一处稍显空旷的地方，有一个卖鱼的汉子，三个大铁盆，有鲫鱼上百条。因为都是活鱼，价格自然要高很多。汉子说这些鱼都是达官贵人要用的，买不起的人看看就行了。这汉子长得凶神恶煞，说话也毫不客气。

到底是开封府，不时有大户人家的厨子来买鱼，围观的人也不少。

一个衣着破旧的老人挤到前面，对卖鱼的汉子说："我家小女病了，想食鲫鱼，不知能否赊上一条？"

汉子笑了："不瞒老先生，我这鱼一会儿就卖光了，要买赶紧拿钱。"

"老汉无钱！"老人说道。

"河里自己捉去……"汉子一努嘴，示意远处有一条大河。

"老汉年高，下不得水，又无舟楫，且无鱼竿……"老人一脸愁苦之状。

汉子有些不耐烦，推开老人："别挡着别人买鱼。"老人一个趔趄，差点摔倒。

老人脸上挂不住，说："你这卖鱼的好不通情理，我好好给你说，你却不肯赊我一条？我家小女想吃鲫鱼好几天了，今天你就赊给我一条，过两日我凑钱给你不就行了？"

"过两日？我倒还会来，可你会不会来呢？你有没有女儿还不一定呢，你这穷鬼，会有女儿？会有媳妇？你这样的人我见多了……"汉子越说越难听。

"你这倒霉的家伙，怎么说话如此不积口德？我家过去也是极有钱的……"老人说着就哭了起来。

一位公子看不下去了，对小厮说："王九，帮老人买一条鱼。"

那小厮掏出银钱，买了一条大鱼，交给老人。老人感激涕零，却还不走。

汉子说："你怎么还不走，都有人替你买鱼了。"

老人笑了，说："此鱼是待要生小鱼的母鱼，食之不忍，不若放生……"

众人都劝："老人家，好不容易这位公子帮你出钱买鱼，你不赶紧拿回家做给女儿吃，怎么能想着放生呢？"

卖鱼汉子却笑了："好呀，你不是心善吗？来，把鱼放我盆里……"

老人不言，借来一锄头，掘了一个二尺见方一尺深的坑，即有泉水涌出。老人把鱼放入水中，鱼只游了两下，水坑就变成了丈余长的水池，众人看呆了，就连卖鱼的汉子都张大了嘴巴。

顷刻间，大鱼生出无数小鱼。小鱼游着游着，又长成了大鱼！

"看，我就说是条待产的母鱼吧……"老人说。

恍惚间，水池变成一条小渠，通向远方，所有的鱼都游向远方，渐渐都不见了。众人纷纷议论是不是小渠通向黄河，鱼们是不是都回到大河里了。

老人笑笑，小渠突然就不见了，就连老人最开始掘的水坑都没有了，连一点水的湿印子都没有。

众人方回过神，如做一场梦。

卖鱼的汉子回转身，发现三个大铁盆里的鱼都不见了，连水都不剩一滴，方明白刚才小渠中游走的鱼都是自己铁盆里的。

卖鱼汉子急去寻老人，哪里还有影子？

狩猎记

早春的风还很冷，在屋外呼呼吹着。长根说起三十多年前的事情，那时候他二十岁出头。"就像小梦这年纪!"他看着女儿说。

"那一年冬初，我闲着没事，就对你奶奶说和山里朋友去炼铜赚钱。你奶奶一听我要去炼铜赚钱，很支持，给我烙了三十张油饼让我带到山里吃。我说山里可以天天吃上肉，让她放心。可你奶奶还是坚持做了不少面食，说老吃肉容易上火……

"我其实是和几个伙计约好了进山打猎的。我带着你奶奶烙的油饼和一罐咸菜，还有几瓶烈酒，披上羊皮大衣就进山了。

"我到达我们约定的猎人小屋，发现他们都没来。那时别说手机了，连固定电话也没有，人和人的联系都是靠传口信。既然都没来，我就一个人先在小屋里住下，拿着土枪到附近转转。第二天我打了一只野兔，兔子肉真好吃，猎人小屋有灶台，有盐巴和辣椒面，吃烧烤很方便。我就着烈酒吃了一只麻辣烤野兔，非常过瘾，就觉得那些家伙不来也罢，这山中动物任我吃，吃不完还可以带回去过年用……

"我在小屋住到第三天，那年冬天的第一场大雪来了。我发现附近猎物并不多，后来又打了一只山鸡。油饼快吃完时，我想得往深山里走走。我决定每天走半天路，路上有猎物就打，剩下的半天往回走。毕竟是一个人，为了安全，我不得不每天回到猎人小屋。

"我制定了四条路线，第一天往东走半天。我吃过鸡汤油饼就出发了，雪地上起初很整洁，白茫茫一片干干净净，一个脚印都没有，看不出会有什么猎物。大约三个小时后，我发现了梅花型的小脚印，说明附近有狼或狐狸，如果是大梅花脚印就是老虎了。这脚印明显小很多，所以我没有害怕，我拿紧手中的土枪，想着打到一只狼是值得自豪很久的事情！

"我搜寻着脚印，在一片柏树林里，那串脚印变得杂乱无章。柏树林里有不少土坡，被雪盖着，我不确定那是动物的巢穴还是坟墓。我深一脚浅一脚地走着，突然脚下一松、身体一晃，我掉进了一个大坑里。

"我试图抓住什么往上爬，这坑洞居然非常深，我拼命爬了半天都无济于事。我很累了，就坐在坑底休息，看来是得想其他办法了。我在坑洞昏暗的光线中，四下瞅着，这里似乎很阔大，这或许是精明的猎人挖的巨型坑洞，要捉大型动物的，也或许是天然巨坑。这时我仿佛听见了声音，距离我很近。然后我看到几个黑影……

"原来那是几只小狗熊，我刚跌进坑时手忙脚乱的，没注意，等静下来，才发现它们。我当时第一个反应是，这熊崽子在这里，母熊一定不远，这下可坏了，母熊回来，为了保护小熊也不会对我手下留情的。我握紧手中的土枪，我怀疑这土枪能不能打得过大熊？既然打不过就干脆别拿着枪，不然它看见我手里的枪，惹急了它，我必死无疑！

"我得感谢我在那一瞬间做出的正确决定，因为傍晚时分，母熊果然来了。先是坑洞口忽然一黑，我以为天黑了，然后就掉下来很多硬块，小熊崽们欢喜地捡拾着吃，原来是红薯。紧接着母熊就进来了，发现我的时候，它愣了一下，它似乎还询问了小熊们的情况，小熊们肯定喜欢我，至少没有把我当敌人，所以母熊并没有攻击我。我紧缩做一团，靠在一个角落，母熊看了我很久，然后它缓缓移向我，用巨掌拿了一个大红薯放在我面前。我不敢拿，就那样看着，它退后，抱着孩子们休息，我才啃了那个红薯。

"后来，母熊看到我没有伤害它们的意思，就对我很客气，小熊主动和我玩，我把我带的干粮，就是油饼分给小熊吃，它也不阻止，它还放心地爬出坑去找东西吃，大多是萝卜、红薯之类。我又试了几次，还是爬不出来，心里很着急。这天母熊回来了，我当着它的面往坑外爬，如果它能帮我一下就好了，毕竟它个子那么大，能自己爬进爬出。

"我用手抠住坑壁上的泥土，脚踩住插到壁上的树枝，可惜快到坑口时树枝支撑不住，我掉了下来，重重摔到坑底。这时，母熊走了过来，它坐在我身边，并用头抵了抵我。我明白它想帮我。我摸了摸它的头，感受到它的友好后，我就爬到它的背上，它站立起来，于是，我的手就够到坑沿了，我真的就这样爬了出来……"

一对听故事的儿女长出一口气，女儿小梦恍然大悟地点点头："原来这就是老爸为什么再也不打猎的原因。猎人小屋还在吗？"

"老爸，你确定打的猎物都是野生的？那只兔子会不会是家兔？还有那只山鸡，会不会是谁家养的？"儿子笑着问。

"你们有没有想过，或许那几只熊其实是人呢！这么多年，我很难忘它们一家子。"长根也笑着对孩子们说道。

一对儿女顿时瞪大了眼睛。

物种起源

"为了你的健康，请天天吃药……关爱生命，多吃点药……"录音机里反复播放着女友虹为葛里善录制的吃药提醒，录音机设置了自动开关，一到吃药时间就会提醒葛里善。

虹去世三个月了，但她的声音还每天陪着葛里善。葛里善早已不再吃药，但这录音机他一直听着，他打算听到去见虹的那一天。

外面在下雪，半个月的雾霾终于消散了，葛里善今天打算出门。

天气不好，没有人参观，各大商场都关着门，这些葛里善早就在网上了解到了。他今天要去的是郊外，那种怀旧的商场，他定期会去看看，怀想一下童年和妈妈拉着手逛商场的情形。他今年四十五岁了，最近三十年世界变化得太快了，最大的变化是：满世界的人一下子都不见了。

上一个下雪天，他和虹一起玩雪的情形还清晰地浮现在眼前：雪后，他们先是在广场上玩。女友说，老葛，躺下，拍个雪人。老葛说，这里偏僻，人迹罕至，拍了也没人看。于是拉着虹的手跑到中心街上。虹说，这是大街，虽然车并不多，还是有被撞到的可能，所以不相宜。最后他们没有拍雪人。现在想起来葛里善的心里还是难受：当时应该拍一个的，就算在荒凉的广场，至少虹是想看的。大街上虽然有人却多为快递和外卖小哥，都忙忙碌碌的，谁会看呢？不仅都不会看，还很快会被脚踩、会被车轮轧——很快就会不像葛里善的，会像牛像马像熊像恐龙……

　　葛里善觉得人没有好坏之分，只有对劲儿不对劲儿之分，比如他遇到虹，他和虹就特别对劲儿。那也是个下雪天，虹骑着自行车，突然就摔倒了，恰好方圆几公里内只有葛里善一人，他赶紧过去把虹扶起来了。葛里善拉着虹那温软的戴着羽绒手套的手，望着虹脸上的雪，问："受伤了没有？"虹摇摇头："没事儿！真是谢谢您！"她拂掉脸上的雪，对葛里善笑笑。两人一见钟情！她不是特别漂亮，但葛里善没有失望，他很喜欢她。看得出来虹也喜欢他，当时就请他去方圆几公里内唯一的小吃店吃米线。葛里善不喜欢米线，但他觉得那次米线真好吃。葛里善就此明白食物也没有好不好吃之分，只有吃的时候开不开心之分。两个人对劲儿，就不需要费那么多话，直接就开始交往了。说起来也十年了，两人却一直没有结婚。

　　家门口的事他非得上网搜一下，比如街口新开了什么饭店，商场里又开放了什么观光项目，有什么好玩的……不问家门口的人，也不走去看看，就是拿起手机搜索，如果信号不好，他倒宁愿四处走着搜索信号，蹭别人的网，也不怕麻烦……他手机里好友很多，经常聊得很欢，但当他站在街上，一天也不会遇到一个熟悉到可以说句话的人。

他不再吃药，并不是他已经恢复健康了，而是他不想再挣扎，不想再孤独下去。他的健康现在糟糕极了，可他还是不吃药，只听虹在录音机里的吃药提醒，仿佛那就是药。

出门刚走了几步，葛里善就气喘吁吁。在他大口呼吸时，虽然戴着口罩，冰冷的空气还是乘虚而入，又造成了他剧烈咳嗽。他其实应该返回温暖的屋子里，他并不是能够吃苦的人，不吃药也是因为药太苦，可他现在想出去，想看看半年前和虹一起种的那棵苹果树在大雪天怎么样了——他担心雪压坏小苹果树。

没有公交车去郊外，大街上本来人就很少，一下雪，就更没有人了。他几乎要弄不清楚方向了，半个月没有出门，街上变化很大，他在网上都听说了，好几家商场都被改造成快递分拨中心了，人们再也不用逛商场，最多逛逛快递公司，取回自己的快递——吃的喝的用的全都有，全城只留了几座有代表性的商场定期开放，供人们参观。

他刚走了一段路，就发现路边有个小花园，雪格外洁白。他看见一棵桃树开着花，经霜雪不枯，反而开出桃花，葛里善很好奇，走上前，却惊讶地看到虹曾经写在一块木牌上的字：

你来之前，世界曾经繁华。你走后，世界再次荒芜……

葛里善虽然习惯了变化，但还是感到今天变化太快了——风雪中道路越来越荒芜，建筑物越来越少，雪似乎要淹没这个世界，他几乎要迷路了——但为了见到虹，他还是来到了苹果树下……

当他望着冬天依然结满了苹果的苹果树时，世界再度陷入荒芜……

十万年后，人们在荒凉的雪原发现了一截人形枯木，它坐在一棵奇怪的老苹果树下，有人说这是绝佳的根雕，可以是牛顿，又有人说应该是亚当。可是，经过科学探测，这个活在十万年前的史前人，心里居然还住着一个鲜活的生命，或许是什么新的物种？

人们将信将疑地打开那颗尘封的枯萎的心，里面跳出来一个鲜活的女子。女子似乎有些悲伤，在不停地说着什么，但没有人听得懂她的语言……

红眸记

钱婆婆又来到东门，看那只石龟。钱婆婆腿脚很不利索，走路总是往一边斜。她来到东门，走到橙黄色的槲树下，走到马尾松下，走到石龟旁边。石龟很安静，秋日的斜阳照在它墨绿色的身体上，有细小的松针铺在上面，远看像一只毛茸茸的宠物，两只绿豆般的眼睛似乎会滴溜溜转。

看完石龟的眼睛，钱婆婆安心回家。路上，钱婆婆想起早已死去的老伴。年轻时老伴挑着货郎的挑子，走街串巷，买卖虽然不大，赚的钱很有限，却总是会在回家时，给她捎一嘴好吃的，有时是一包花生糕，有时是几个柿饼。两个人一辈子无儿无女，却相亲相爱。

可能，就是在老伴走的那一年，钱婆婆开始吃素。每一天，慢悠悠地过着，小米粥、老豆腐、老南瓜，钱婆婆吃得心满意足。

一个月前的那场大雨，把钱婆婆家的房子冲垮了，屋顶的几根木头岌岌可危，钱婆婆只好听邻居的劝，住进了专门收留孤寡老人的三春堂，那里还住着几个老人，但都没有钱婆婆身体好，这也是她不需要住三春堂的缘由。要不是房子垮了，没地方住，她不会住这里的，这里虽然有人谈天，很热闹，却感觉不自在。

大雨使不远处的大江涨水了，雨停后，江水退下，街上的人突然惊呼起来——

"好大的鱼！"整个县城的人都看到了那么大的鱼，没有房子能比这大鱼的身体高，也没有一条船能有这么长。

没有人敢接近大鱼，因为它一张嘴就可以把一群人吞下去，它睁着大眼睛，瞪着人们，鱼鳃一张一翕，明显还活着。

人们远远地围观了两天，发现大鱼不动了，先是城里的几个屠户搬来梯子，爬到鱼背上，拿刀割鱼肉，还有一个挖了大鱼的眼睛，两个碗大的珠子，说要卖个好价钱。后来人们蜂拥而至，几天工夫，大鱼就被拆得只剩下一副骨架。城里几乎人人都吃了鱼肉，只有钱婆婆没有吃。

有波斯人花钱雇苦力拖走了鱼骨，事后有人说，这条鱼最值钱的就是鱼骨，一根巨刺就抵一根象牙。

果然不久，城里开了一家珠宝店，红木托子上架着一根大鱼的巨刺，说是镇店之宝，标价比象牙还贵几倍。

人们后来得知这家珠宝店的幕后老板就是那个波斯人。

钱婆婆有一天坐在屋檐下打瞌睡，走来一个不认识的老头。老头说，钱婆婆，你还记得我的儿子吗？钱婆婆说，你是谁？我怎么会认识你的儿子？老头说，前些时候，这城里不是有条大鱼被人吃了吗？钱婆婆说，是呀。老头难过地说，那条大鱼就是我苦命的儿子！那么多人吃他，他太可怜了。我不报复那些人，但我也不会救那些人，我很感激你没有吃我的孩子，我要报答你。

钱婆婆说，你不必报答我，我什么都没有做，我什么也不缺。

老头说，你还有五十年的好日子可过活！钱婆婆笑了，我风烛残年，已近古稀，哪里会还有五十年……

记住每天去看城东门的那尊石龟，如果石龟的眼睛有一天变红了，你就赶紧上到北边山顶上，整座县城都会变成大湖。

说完，老头就不见了。

钱婆婆揉揉眼睛，看了看四周，老头真的不见了，只有两个老太婆在不远处打瞌睡。

你们看没看见一个老头，说了些很奇怪的话？

两个老太婆都扭过头说，哪里有人，你看大门还闩得好好的。

钱婆婆心下疑惑，她晓得东门有尊很大的石龟，不知哪一年的物件，钱婆婆就走去看看，石龟的眼睛绿豆一般，似乎会滴溜溜转。她想着刚才老头说的话，笑了，这绿豆眼，怎么会变成红色的呢

但第二天，钱婆婆起床后，喝了粥，又不由自主地来到东门看石龟的眼睛。她总觉得，那老头说的话有些蹊跷，说不定

是真的。

想了几天，她对别的老太太说了，那些老太太都笑她说胡话，根本不信她。她后来越来越担心县城会突然变成大湖，觉得老头说的话是真的，毕竟老头的样子，现在还那么清楚地浮现在眼前，过去她做的梦是从来记不住的。

在去东门看石龟的路上，她告诉所遇到的每一个人，这座县城会变成大湖。所有人都笑她痴呆了。她说，大家赶紧跑吧！没有人会信她。当然她没有说石龟的眼睛会变红的话，那样大家更不会信她。

有一天，她又在盯着石龟的眼睛看，一个小孩子，好奇地问她，老奶奶看什么呢？

小孩，你家是不是就在这附近？小孩点点头。

钱婆婆打算对这个小孩泄露一点"天机"，就说，如果看到石龟的眼睛变红了，就要赶紧逃命，往北边山上跑。小孩重重地点了点头。

钱婆婆走了，还一步一回头地交代小孩。小孩望着石龟的眼睛忽地笑了。第二天早上，小孩找到一些红颜色，把石龟的两只绿豆眼涂成了红色。然后小孩就躲在不远处等钱婆婆。不多久，钱婆婆果然挪着小脚来了。像往常一样，钱婆婆远远地就开始看石龟的眼睛，但她老眼昏花，远了看不清楚，就一点点靠近。今天她的小脚越挪近越慌乱，她远远地就感到石龟的眼睛今天不大对劲。等她走到近前，看清楚那红色的眼睛时，一下子叫了出来，不得了了，石龟的眼睛真的变红了……

钱婆婆拉住身边能拉住的每一个人，让他们看石龟的红眼睛，还连声说，真的变红了，昨天还是绿的，真的变红了……

那些人有的看见小男孩涂颜色了，但并不对钱婆婆讲，也故作惊讶地说，可不是，真的变红了，是不是要发洪水了？老婆婆你赶紧上山去吧……

钱婆婆看到人们都吃惊了，便安心地挪着小脚走了，她知道，自己脚步慢，别人都很快的。

躲在角落里的小孩看到钱婆婆慌慌张张地一边走还一边告诉人们石龟眼睛变红了，就觉得很好笑。

钱婆婆实在是走得太慢了，尤其是她还要告诉路上遇到的每一个人每一家店铺。一个绿衣服的年轻人说，老婆婆，我背着你吧。老婆婆还没想好，就被背了起来，这年轻人竟飞了起来。

钱婆婆到城北边山上后，看到整座县城都塌了下来，不知从哪里涌来的大水，瞬间淹没了一切……

三梦记

    长安城里有一个女子，夫君在春天时出了远门。夫君在梨花树下对她说："娘子保重，为夫多则一年，少则半年，定会回家！"

    夫君出门是跟人学习贩玉石的，远走西域，先骑马后骑骆驼。商队很大，人多货多。一路上热热闹闹，倒也使人忘忧。

    可是在家的娘子就不好过了，两人成婚三年，并无生个一男半女，公婆自是不待见她，常常冷落她，夫君不在身边，白天黑夜可想而知是多么难熬。

    这娘子往往一整天都不说一句话。白天望着日影发呆，夜里望着月牙数着星星发呆。夜不能寐，无精打采。盼着夫君的归期，半年过去了，一年过去了，两年也过去了，夫君却一点消息都没有。

    这天夜里，这位娘子刚刚躺下，就看见一个全身披满玉器的美丽少女对她说："姐姐可想见夫君？可跟我来。"

她当然想，马上起身跟随少女出去了。

少女走路很快，娘子跟不上，少女就把自己的靴子借给她穿，娘子果然也健步如飞。少女光着脚走，依然很快。

不多久，迎面来了一个骑毛驴的人。娘子定睛一看，那不是自己的夫君吗？

少女对二人说，你夫妻二人既已会合，我已备好酒席，稍稍歇息一下，再回乡不迟。

于是，夫妻二人跟着少女来到一个庭院，有一间素净的屋子，灯火通明，酒席果然具备。三人刚刚饮了一巡酒，突然外面传来马蹄声，少女大惊，要躲起来，左右寻不到可以躲起来的地方，夫妻二人不知发生了什么事，都是一脸茫然。

就在少女刚钻到桌子底下，有人掀帘而入，是个黑大汉。看到夫妻二人，黑大汉怒喝道："看没看见一个丫头？"

夫妻二人企图以身体挡住桌子下的少女，但黑大汉竟拿着刀子满屋子搜寻，刀尖不放过任何一个地方，桌子底下当然搜了好几遍。

"分明看见那丫头进来了，怎么不见了？"黑大汉嘀咕道。突然黑大汉面前飞来一铁锤，直砸中鼻子，顿时血流满面。黑大汉急了，拿着刀就要砍夫妻二人……

这娘子大叫一声，从梦中醒来，窗外红日初升。

午时，外面有人拍门，娘子待要问是谁，公婆却抢着去开了大门，原来竟是夫君，娘子喜不自胜。可是夫君却被公婆拉至正屋相见叙话，无暇顾及她，她耐心等着。

　　不久夫君回到房中，言毕相思之情，说："实不相瞒，我昨夜在客栈梦见娘子你了！"

　　娘子一惊，问："所梦有何情形？"

　　"有个黑大汉……"夫君说道，居然和娘子所梦一模一样，包括那个少女。说到这里，夫君想起什么，一拍脑门："对了，我的黑伙计还在后面，还没过来，我得去迎迎，不然他不知道路，一会儿娘子也见见，这次我们一起发了点财，对，就是梦里那个家伙！"

　　"他不会找事吧？"娘子担心道。

　　"哈哈，梦里的事都做不得数！"夫君笑道。

　　夫妻二人出门迎接，不久果然看到一个黑大汉骑马而来。

　　夫君笑呵呵地问："马掌钉好了？"

　　黑大汉"嗯"了一声，一脸的不高兴，指着自己鼻子说："昨夜我梦见你们二位打我！现在还流着血呢！"

　　夫妻二人闻言一惊，黑大汉果然鼻子红肿，有血渗出，转而笑道："你也做那个梦了？"

　　三人谈论起那个梦，果然都在同一个梦里。

　　可是，当夫妻二人说完以后，黑大汉却说："我的玉器丢了，我在梦里看到是一个少女拿走的，你们知道这少女是谁？"

　　夫妻二人摇摇头，都不知道那个少女是谁，只昨晚梦里见过。但夫妻二人的梦里，只看到那个少女身披玉器，却不知是偷黑大汉的。

三人面面相觑，三个梦，有所不同，而且牵涉一桩盗窃案。

黑大汉当然知道这和夫妻二人无关，叹口气说："还是先喝酒吧！"

黑大汉后来又去西域贩玉器，不知所终。

倒是夫妻二人再没有分开，两年后娘子生下一女，衔玉而诞，堪称惊奇。

小女孩长到三岁时，一天拉着妈妈，到屋后小花园，说这里有个虫子。妈妈一看，哪里是虫子，分明是一块和田美玉所雕成的稀世珍宝。

因为夫君带回来一些美玉，娘子也学会了鉴别，让夫君一看，果然非常稀有，夫妻二人将玉卖给长安巨富，得钱甚多。

过一年，女儿又带妈妈来到靖安坊，指着一棵树，说这里有只小老鼠。妈妈拿棍子拨开草丛，看到一个精美无比的玉老鼠……

妈妈仔细地端详起女儿，似乎明白了什么。

等风来

　　几个园丁在给花草浇水，院子里的花都开了，兰花、百合花、一串红、芍药花……一群老头老太在打牌，还有几个在一边发呆。老周坐在躺椅上看花，等儿子来。儿子通常每周都会来看他，给他捎喜欢吃的点心，陪他说小半天话。儿子说过，最少一个月会来一次。可自从三月初来过一次后，两个月了还没看到儿子的人影。

　　老周眼巴巴地望着大门口，渴望儿子的身影出现。

　　儿子开着一家不大的广告公司，赚钱并不多，却很忙。老周看见别的老人都有人来看望，心里就有些羡慕，有些难过。他把玩着一条手帕，是儿子去年春天送给他的，手帕上是一只黄色的小熊，这让他想起儿子从小就喜欢小熊图案，如今又拿这图案来哄老爸开心。

　　去年春天，有一段他经常流鼻涕，于是儿子给他送来这条手帕，让他擦鼻涕用，现在他早不再流鼻涕了，但这手帕一直拿在手中。

　　老周发现老秦最近不太搭理自己了，过去两个人是无话不谈的老伙伴，最近老秦可能耳朵聋了，不喜欢说话，自己说半天，他也没反应，除非自己拿手帕在他脸前晃一下，他才会骂一句："唉，老周，你咋还是这么调皮……"

　　老秦的女儿昨天还来看望老秦，老秦还分给老周一片女儿带来的云母糕，老周怎么吃得下？自己儿子不来看自己，吃别人的？好像我老周家前无古人后无来者似的！一赌气，老周就没接那云母糕，说自己不喜欢甜食。老秦也不生气，把云母糕放在老周常坐地方的窗台上，自己仍吃得欢欢喜喜。

　　老秦也对老周说过一些体己话："年轻时，喜欢过好几个女子，但最后能依靠的，还是那个实实在在的老婆子。可惜老婆子走得早，女儿又远在省城，这家养老院算是本地最高级的了，我们现在只能靠这里了，好好在这里待着吧。"老秦还笑着问老周，"这里有没有喜欢的老太太？"

　　老周反问老秦："那么你是冲着喜欢哪个老太太才来的？表白了没有？"老秦笑了，不再说话。

　　其实最关键是有老周在这里，两个人是老同事老邻居，说来老秦还做过老周的领导，两人后来就没了上下级关系，成了可以任意开玩笑的老伙计。老周的老伴三年前也走了，儿子天天忙，怕照顾不到位，才让他住进养老院。也好，住这里天天有人陪着说话，开玩笑。

　　爬墙虎的绿叶爬满餐厅那面朝西的山墙的时候，夏天就到了。老周喜欢看石榴花开，老家院子里有一株很大的石榴树，可惜这里没有石榴树。

　　他想起儿子小时候，石榴树开花时节，很是漂亮，翠绿的石榴叶子和火红的石榴花，给人传递一种生命蓬勃不息之感。老周记得有一次儿子从石榴树上摔了下来，鼻青脸肿却仍然笑嘻嘻的。现在想起来，仿佛耳边还有那阵初夏的风吹拂着石榴树。

　　老周多次对养老院的管理者提出，院子里可以种几棵石榴树，可是没有人理睬他。去年，老周还对儿子说了，想回自己的老院子，可儿子难过地说，为了修河道，老院子已经拆了，石榴树已经被移走了。儿子说他会建议养老院种几棵石榴树，毕竟，这里以后就是老爸的家。

　　可是儿子建议过之后，养老院还是没有石榴树，老周很不开心，他想以换养老院相威胁。可一看到老秦，老周就不想换养老院了，老周总是舍不得离开这个老伙计。

　　这天早上，老周刚刚睡醒，就听到儿子那熟悉的声音。他在家属接待处和工作人员说话，老周喜出望外，自己得赶紧出去问问儿子，怎么能这么久不来看老爸？

　　老周还没走到接待处，就听到儿子对工作人员说："这么久没来，实在是太忙了，真是不好意思，多谢你们一直以来对我爸的照顾，多谢把我爸的东西保管得如此细心，听说你们已经打算种石榴树了，我替老爸谢谢你们了……"

　　"老周……"谁突然喊了一声。

　　老周答应着，转过身，看到是老秦，就知道是老秦。老周笑眯眯地招呼老秦，老秦却好像不是喊他。只见老秦并不理睬老周，径直走向接待处，指着院子里的躺椅，对老周的儿子说："你也知道，你爸喜欢坐在那里等你来。我们经常坐那里聊天，晒太阳……"

老周站在儿子身旁，望着儿子，他突然感到鼻子一酸——他又流鼻涕了，赶忙拿手帕去擦。

老周儿子看到一阵风吹过，一条手帕被吹落到台阶上，又轻轻被风展开，他认出了这手帕——上面有只黄色的小熊……

有人

　　快餐店里，我端了一份食物找位置，人不多，但没有一张桌子是空的，我便向一个漂亮女孩那里走去。

　　"请问，这里可以坐吗？"我很帅气地一手托餐盘，一手擦滴在衣襟上的果汁——总是这样，一看到漂亮女孩就莫名其妙地手抖：可谓端汤汤洒，端饭饭歪。

　　漂亮女孩从长长的黑发里抬起眼睛，气氛便诡异了起来。

　　她仿佛没有张嘴，却发出冷得让人起鸡皮疙瘩的声音："难道，你没看见，这里已经有人了吗？"

　　我说："不是还有一个空座吗？"我指指她对面那个座位。

　　"我说的就是那儿，已经有人了。"她仍用那种冷冰冰的口气说道。她一身洁白的衣服，就连嘴唇都几乎没有血色，整个人都是冷色调。

　　我相信这世上有我解释不了的东西，有一些我需要敬畏的神秘事物。于是我轻轻退了回来，还好，一张桌子刚刚空出，我忙走了上去。

　　我没敢再看那神秘的女孩，胆战心惊地吃过饭，匆匆上电影院去了。

　　电影还未开始，我走了进去，光线不明不暗。我喜欢靠前的位置，便来到第一排的一个空座前，正要落座，旁边一个哥们儿马上提醒我道："你没看见这儿已经有人了吗？"

　　今天，是怎么了？我头皮发麻，为什么我一直看不见一些存在的东西？我揉了揉眼睛——幸好我没坐下来，幸好那哥们儿提醒了我，不然我一屁股坐下去，会不会立刻有一声令人毛骨悚然的尖叫？

　　我走向第二排空座，一位女士提醒我：空座上已经有人了。

　　我知道我需要感谢她，我便直奔后面无人区，坐在那儿，发着抖看完了一场喜剧片。

　　末班车等了很久才来，这是冬日的夜晚，很冷。我拥了大衣上车，人不多不少。我向后面走去，一个柯南模样的少年旁边有个座位，我正要坐下，他说："那儿——有人。"声音是很不经意，却自然让你产生出一种寒意。

　　我想一定是我的眼睛出了问题，看不到那些存在。更可怕的，也许是我的头脑出了问题。当然，最可怕的还是：这个世界的确存在着看不见摸不着的那些"人"。而我竟一天之中遇到过好几回。

　　一夜一夜我睡不着觉，一到白天就头晕。我觉得我病了——我开始看到一些不确定的东西：那些影影绰绰的人，那些令人不寒而栗的画面。我仍然单身，仍然去黑暗的电影院，我渐渐适应了自己的状况——也许我不是病了，我是在拥有一种超能力，这其实值得庆幸。

那天我早早进入影院，坐在自己喜欢的第一排。然后我看到人们纷纷到来，三个一群两个一对地坐下，中间一定隔着一个空座，当然我左右两旁的座位也是空着。我很快发现，有两个看不见的人，轻轻地、轻轻地坐在了我旁边，他俩面目不清、身世可疑，他俩不是在看电影，而是一直在盯着我看。

一个中年人走了过来，正要坐在我右边，我立刻对他神秘地说："不好意思，这儿——有人！"他便走了。他看不到，但我看到了，我不得不提醒他。于是我身边那两个面目不清、身世可疑的人，便对我投来赞许的目光。我知道我做对了。

出了电影院，我感到身后有人跟着，末班车来得挺快，我快步上去。当我坐在三连座的中间时，我发现那两个面目不清、身世可疑的家伙也坐了下来，一左一右，看来，我是被他俩绑架了。

于是——图书馆、地铁上、网吧里……他们始终不离我左右，让我随时提醒别人：对不起，这儿有人！

（原载《潍坊日报》2014 年 9 月 12 日）

一场风花雪月的电影

说来也是十多年以前的故事了，如今的剑哥已经是做爷爷的人了，每天带着小孙子在小区旁的广场上玩。可是，如此稳重踏实的他曾经也荒唐过呢！

剑哥在四十岁上靠着好运气，有了一笔钱，而且这笔钱他老婆不知道，于是他有了一个相好的，叫如雪，来自乡下的天真小姑娘。

名字叫如雪，这女子长得却有点黑，黑虽黑点，但人却十分有看头。俩人刚好上时如雪问剑哥："哥，你不会嫌我黑吧？"剑哥把眼睁得很大，非常坚定地说："黑？哪里黑？嫌弃？怎么会？"问得多了，剑哥眼睛也不再睁那么大了，口气也不再坚定了。

剑哥自我安慰道：谁让咱并不是真正的大款呢，哪能那么完美呢？好在名字显得白，这也弥补了一些实质上的缺憾。

剑哥从不乱花钱，每月却舍得给如雪支付房租和水电费，自己只剩下少得可怜的零花钱。

但如雪一直吵着要去看电影。这无疑要增加剑哥的花销，更重要的是两个人在公共场所抛头露面增加了风险。

"电影有什么好看的？网上什么不能看？"剑哥是个节约型的男人。

"要不是我从来没进过电影院，我会想吗？"如雪说得十分可怜。

终于，剑哥决定本周两人一切从简，为下周省出两张电影票，而如雪竟十分爽快地答应了。

盼望着，盼望着，这一周过去了，看电影的日子越来越近。如雪拿出自己最耐脏的衣服穿上（因为她听剑哥说电影院里脏得很），把自己打扮得像是去参加春运挤火车活动似的。

那天晚上，小风轻吹，可能是看到了如雪的打扮吧，剑哥自己都笑了，连月亮也笑弯了脸。

剑哥不挑剔，他图的是实惠，从未考虑过让如雪给他长脸，长脸就需要露脸，那是不可能的，所以他图的是那些实实在在的实惠。

两人保持着绝对陌生的距离，剑哥买好票，离开前掉一张在地上，让如雪先用脚踩住，等他走远了再捡起来，一切做得天衣无缝。两人一前一后进了电影院，找到座位，接上了头，在不亮的光线中匆匆交换一个彼此心不领神不会的眼神。

于是电影就开始了。

讲的是一个婚外恋的故事！大凡爱情片，都是这类演绎。

浪漫的中年男主人公打动了美丽的年轻女孩，两人迅速发展成情人关系。剑哥和如雪看得感同身受，看着看着，两人都想到了初相遇时的种种美好：那时桐花开，那时微雨落，那时你穿了件迷人的紫风衣，我穿了件牛仔夹克……

两人为这种情感所感动，不禁在黑暗的影院里十指紧扣。

如雪觉得，自己对剑哥还是很有感情的，不禁泪湿青衫，对剑哥说："我跟你，可不是图你钱的！"

谁知此时电影里那女子的男朋友发现女友和中年老板的暧昧关系后，来了句："你不图钱图什么？"声音竟如剑哥发出一般，两人登时愣了一下。

剑哥倒是许久没有言语。

电影里的情节缓缓推进，男主人公的妻子一直不知道丈夫的婚外恋，一直相夫教子，表现得温柔贤淑，这让剑哥看到了自己老婆的影子，自己老婆不就是这个样子吗？关键是男主人公的妻子长得和剑哥的妻子还非常相似。剑哥心里开始有些愧疚。

电影的最后，男主人公发现自己的相好，竟然背着自己和另外两个小伙了打得火热，且他们竟在谋划怎样敲诈他一笔钱。看到这儿剑哥出了一身冷汗，他渐渐松开了一直拉着如雪的那只手。

如雪感到一丝不祥，她越看越觉得电影不对劲儿，她看着电影院里窃窃私语的人们，摸摸豪华的座椅，她长这么大第一次来电影院，却分明感到了——后悔。

　　电影到最后，男主人公终于幡然醒悟，回到老婆身边。看到这个结局，剑哥和如雪都有些尴尬。

　　两人默默走出电影院，谁都明白，这是他们在一起的最后一个晚上。

　　一直到多年以后，如雪还是会想起剑哥，想起那时桐花开，那时微雨落，那时你穿了件迷人的紫风衣，我穿了件牛仔夹克⋯⋯

　　为什么，非要去看那场风花雪月的电影呢？

早上好

　　因为一次毫不浪漫的行业会议，他俩的桌签并排放着，他俩相识了。许是那个开会的地方有一架初夏的蔷薇？许是那天的风太温柔？他俩一见钟情！

　　随之他俩就热恋了。因为有微信，联系非常方便，两人每天会用语音说好多话，酸溜溜甜蜜蜜的话，说到很晚，瞌睡了就闭着眼说，说得分不清是梦还是醒！直到两人不知不觉睡着……然后一到早上，闹钟刚刚叫，还没有睁开眼，他就会摸过放在枕边的手机向她语音问安：娘娘起床！她会迷迷糊糊地眯着眼回复：小安子，服侍本宫洗漱。因为早上时间紧，没有多余的话，每次都是这么一喊一答，一个字不会多，一个字不会少——像系统自动设定似的——然后两个人就起床了，各自忙起来，一天就这样开始了。他们在一个城市的东西两端，每星期见一次面。

　　眼看到了讨论结婚事宜的时候，他们分手了，不为什么，就是突然吵翻脸，绝情地说再不来往。谁再找谁是小狗这般的狠话都放出来了！如此分手的情侣比比皆是，和一见钟情的概率一样高！

可是分手后的第一个早上，闹钟刚刚一叫，他本能地摸过枕边的手机，给她发去问安的语音：娘娘起床！她也本能地迷迷糊糊地眯着眼回复：小安子，服侍本宫洗漱。一个字不会多，一个字不会少。一切都平平常常，像什么都没有发生过。原来他们并没有想过要删除对方。

然后在洗脸时，他清醒了，才想起他们已经分手了，他突然就伤感了，流泪了，一天上班都迷迷糊糊的，被老板吵了好几句。

她也在梳头时想起——他们已经分手了，回不到从前了！就算他又向她问安，也不可能再回头了……

所以，一个白天过去，两人当然再不联系一次，要知道在过去，他们会趁上班空隙，腻腻歪歪说很多废话。

晚上他喝醉了，念叨着她的名字睡去。而在城市另一端的她，则感到耳边有些火热，仿佛他还在对她低低絮语。

早上闹钟再次把他叫醒时，他本能地又给她发去问安的语音：娘娘起床！她依然回复了他：小安子，服侍本宫洗漱。一个字不会多，一个字不会少。做这些时，两个人都是迷迷糊糊的。然后他们都在洗脸梳头时再次清醒地发现已经分手的事实。

他们会复合吗？按说还能够这样保持联系，岂不是彼此心里还想着对方？岂不是命中注定吗？

不，没有可能了！——当他们清醒后，对着镜子，同时在心里如是说！

但是这样的问安却足足折磨了他俩半年之久。

直到他遇到另一个女孩——这个女孩每天早上都比他先醒来，每天都先趴在他耳边对他温暖地说一句：早上好！

他这才一醒来就记起：他早在半年前就和一个女孩分手了，和一个他称之为娘娘的女孩——分手了！

你还记得吗

你还记得吗？

你当然不记得了，我们一起去南部最有名的酒吧巷集市，那里人山人海货山货海，卖什么的都有，你在一个古玩摊看中一个铜制的小狗，你说这铜狗歪着脑袋的样子，竟有几分像你花高价上的冒牌大学里那个最难忘的室友。因为我不同意养狗，一直喜欢狗的你，那刻想拥有一个铜制的狗，我当然得答应。没想到那个铜狗，竟那么沉。你嫌沉，一路都让我用右手拿着，你还要挽着我的左臂。我们继续逛。你看中的茉莉花，我愿意用左手提着，可是你让我也用右手提着。"分出两个指头勾住不就行了？"你说。当然行，因为你还要挽着我的左臂。

后来又买了苍蝇拍，卖家却说那玩意儿叫蚊子拍，又买了敲背的小木槌……这些东西我是怎么做到都用右手拿着的我都忘了，反正，你还要挽着我的左臂，不能有任何东西隔开我们，你这样说。你还说你不能拿任何东西，你右手要挽着我，左手要拿货摊上的东西……你说得很有道理！你还想买一个不用线缝的细麻布口袋，要往里面装些芫荽、鼠尾草、迷迭香和百里香，还到处打听有没有人能给你捎个口信……

我们一起去登泰山，你说泰山不算高呀，一千多米而已，我们却从早上登到傍晚，走几步歇两个"几步"。泰山半山腰古往今来题字不少，你很大声地说要我把我们的名字刻在山石上，最不济也得把你的名字刻上，我说不能刻，一直给你使眼色，你却说古人刻得咱们也刻得。你没看见几个戴红袖箍的大爷大妈一直盯着我们？歇息时，我旧话重提，问你是否依然喜欢我，你说让我听你的心跳，我记得你那时的心跳，那么热烈，像极了传说中面对挚爱人的心跳。你问我是否依然喜欢你，我要你也听我的心跳，你却说听到的都是心慌和心虚的感觉。

我们在玉皇顶，挂了连心锁，我不知道风大的夜里，我们两个的心会不会碰在一起，叮叮当当作响。我只知道，连心锁也有心跳。我们下山回去很久以后，我们登山时的心跳还会在那里，像极了挚爱，也像极了心虚。连心锁会生锈，那些心跳会不会生锈？

欧洲十日游，我们一起走进欧洲古堡，又牵手走过夕阳下的巴黎铁塔。那时巴黎圣母院还没有发生大火，玫瑰花窗还在，我们在塞纳河边喝咖啡，一个卖花姑娘走过来，我正在考虑要不要买一束玫瑰送给你，却被你吵了一句："你盯着人家看干吗？"那姑娘的确比她手里的花好看，金色的头发在余晖里像是一幅世界名画。我当然不敢再买花,怕你说我想借机搭讪她,我其实也想问问她微信支付可不可以,但都没有做。你那气生得莫名其妙,但样子真的很好玩。

上一个鼠年,我们的出租屋进了一只老鼠,你拿起扫帚,四处追赶,老鼠逃到浴缸里,浴缸被勇武的你敲破了,吓坏了的老鼠却不知去向。我说,鼠年进鼠,乃是吉兆,劝你开心一点。可是我找的街头小工换浴缸时把瓷砖弄裂了好几块。换瓷砖时,你找的师傅又把水管弄断了。那几天,我们每天都会吵架……

你还记得这些吗?你当然不会记得,这是我一个人的回忆,和你有关,也和你无关。

这些年,我一直对自己说,一切憧憬,时间久了,都会变成回忆。是的,我们没有在一起生活过,没有欧洲十日游,没有登泰山,没有逛过集市……

我只是每天早上七点半,看着你穿着长裙或牛仔裤挎着仿名牌的包出现在 A 街口地铁站,匆匆走过来,从我这里买一杯热豆浆和一个鸡腿堡,扫码付款,匆匆离去,其间只说五个字:"豆浆,鸡腿堡。"我不知道你要去哪里上班,不知道你是教师还是律师,或者是化妆品柜台的推销员;不知道你会不会喜欢铜狗,而我早已买好。我秋天时已一个人登过泰山,也许你根本不会在景区乱刻乱画,我在沿途几次想刻你的名字,却不知你的名字;也许你不会吃卖花姑娘的醋,根本不敢追打老鼠……

　　那年冬天，南京的地铁口总是湿漉漉的，我的店门口总是有雾，而在你出现的时刻，我一次次憧憬着往后漫长的一生。我说过，一切憧憬，时间久了，都会变成回忆。

画中人

　　叶华每天在家附近的小花园散步半小时，总会遇到一个美丽的姑娘。那个姑娘总是拿着笔在速写本上画着什么，看到有人走来，就赶忙合上本子。

　　最近因为疫情，小花园也没什么人来，叶华在这里也只见过那个姑娘，别的人还没有遇到过。

　　她穿着橙色的裙子，头发全部抓起在脑后，扎成很高的马尾，叶华给她起了个名字叫初夏，因为这个季节正是叶华最喜欢的初夏时节。叶华从未想过问她的名字，他觉得自己给她起的名字也蛮好。因为大家都戴着口罩，叶华并不知道那个姑娘的真实模样，只是那双眼睛生得实在是好看。

　　叶华很好奇初夏的本子上画些什么，但他一次也没有看到过，哪怕一角。

　　腼腆的叶华不会主动和任何人说话，哪怕对方是个小孩子。何况初夏是和他年龄相当的少女，一旦搭讪，总会让人感到动机不纯。

早上，叶华出门，往小花园走去。刚刚下过雨，路边初开的零星的绯红色蔷薇花上带着露珠。接近小花园时，叶华听到汽车发动机巨大的轰鸣声，他心里有些不安。他看到初夏坐在那里，那辆轰鸣着的红色跑车一下子冲进了小花园，冲到了初夏所坐的长椅……

叶华眼睁睁地看着初夏被撞倒，一阵眩晕，他失去了知觉。

第二天早上，叶华已经忘了昨天发生了什么事，依然向小花园走去。刚刚下过雨，路边初开的零星的绯红色蔷薇花上带着露珠。远远地，他看到初夏坐在那里，端着速写本在画什么，这一切都那么的美好，叶华这样想着。突然他听到汽车发动机巨大的轰鸣声，他看到一辆红色跑车冲了过来，撞在了花园栅栏外唯一的一棵核桃树上，碗口粗的核桃树被撞歪了，树干掉了好些皮，好险！好在核桃树并没有倒下。

叶华轻轻拍了拍心口，惊魂未定，再看初夏，已不知去向。她没事就好！没有伤到任何人就好，叶华这样想着，也不散步了，匆匆回家。

第三天早上，当然，叶华还是忘了昨天发生了什么事，一切都没有变样，他还是在固定的时间走向小花园。刚刚下过雨，路边初开的零星的绯红色蔷薇花上带着露珠。远远地，他看到初夏坐在那里画画，栅栏外那棵笔挺的核桃树安然无恙，只不过叶华并未注意到这些，他只是注意到，初夏裙子的颜色是紫色。这时，他听到汽车发动机巨大的轰鸣声，循声望去，一辆红色跑车冲了过来……

跑车撞到了叶华，叶华的身体飞了起来，小花园在他的眼里，迅速变小，他飞到空中，俯瞰着小花园，像无人机航拍的画面。初夏依然坐在那里画画，像什么都没有发生，她不管身边发生的事情，她大概听不到红色跑车发动机的轰鸣声，而她的眼睛专注在速写本上，周围的事情她根本不关心。

初夏在速写本上匆忙修改着，她的耳朵也许听不到周围发生的事情，所以，当她画完，起身离开时，也没有发现，叶华倒在不远处的草坪上……

第四天早上，初夏坐在小花园的长椅上画着，而叶华没有来，一直过了很久也没有来。

初夏认真地在速写本上画着，一笔一笔，有些泪落在速写本上的蔷薇花上，终于她画完了，起身离开。

叶华来了，他看到空空的长椅，看到蔷薇花上的露珠，他好像做了一个可怕的梦：他被跑车撞飞到空中。当然他不知道那并不是梦，那是的的确确发生过的事情。

在一张画纸上，叶华在空中俯瞰着小花园；在另一张画纸上，叶华倒在草坪上了，而初夏就在小黄杨树丛的另一边……

"你为什么让这个女孩一直扎马尾？"

"我不会画其他发型！"

"这个男孩子后来为什么活过来了？"

"我也不知道。画中的女孩一直在画画，我也不知道她一直在画什么。刚才我放大了看，才发现她画的就是叶华，是她改变了叶华的命运。"

复仇是件严肃的事儿

　　1566 年，我非常具有前瞻性地学了播音主持专业，打算当个播音主持人。所谓"播音"，在那时就是播种声音；所谓"主持"，通常会去某个优雅安静的小院子里做管理人员。所以谁也不要有疑问：那时既没有电视台，也没有广播，却有这个专业，实在是一件匪夷所思的事情。当然，再不靠谱的事情在任何年代都得有人去做不是？

　　我的师父、著名主持妙然大师说："存在即合理！"这话我怎么听着像他从外国拿来的？

　　我终于没有找到专业对口的工作，这是很必然的。于是在 1568 年秋，毕业之后我进入江湖……

　　为了生活，我在码头扛包，每天得几个铜板，休息时间帮街头卖狗皮膏药的播播音，招揽一下顾客，混口掺酒的水喝，也算没有白学播音。

　　在街头混久了，我学会了帮人贴膏药，也学会了帮人算上一卦，还学会了足疗，这些都是为了更好地活着。

卖鸡蛋饼的孟楠对我说："释财，你吃鸡蛋饼吗？"

我说："要付钱吗？"

她说："不用。"

我马上警惕起来：不经历风雨怎么见彩虹，没有人会随随便便地对你好！她一定是别有所图。

但我既无家产又无隔宿之粮，怕她作甚？于是说："来一张吧。"

她拿了个粘满鸡屎的鸡蛋给我做了张饼，那喷香的味道让我不知今夕何夕。当她用草纸卷好递与我时，我忽然想起，人世间还有一种东西，好像是叫情谊！

这是我吃过的最香的食物。正好吃完时，不知谁喊了声："管街的来啦！"大家便四散奔去，而我无摊一身轻，便帮孟楠推着小车，往一条不起眼的小胡同里跑去。

于是我又学会了做鸡蛋饼。

一天，孟楠一本正经地对我说："我怀孕了。"

我大惊："我就吃你个鸡蛋饼，你就怀孕了？"

她充满哲理地说："有些事儿就是这么不可思议！"她望着我，一副非君不嫁的坚决！

真所谓不是你的，你求也求不到，是你的你躲也躲不掉。我和孟楠结婚了，半年后生下儿子果然。

我每天摆摊，多种经营：贴狗皮膏药，做足疗，卖鸡蛋饼，算上一卦。

有时忙得昏了头，往往将刚烙好的鸡蛋饼往人家脊梁上一贴，人家只说一句："咦，好有劲儿的药哇。"便蹦了起来。又有时将狗皮膏药拿草纸卷了递与人家，人家一口咬下去，那种满足感隔世才有！

我又发明了看足相，边足疗边算卦，生意出奇地好！

儿子果然长到十三岁，我已在衙门里注册了几样特色商标：狗皮膏牌鸡蛋饼，蛋香型狗皮膏，足相神卦。于是乎有了钱，娶了三房小妾。这三房小妾无一例外地是我看过足相才娶进门的，个个都是旺夫之相。

于是到处置房产，明末的房地产非常发达，关键是价格低，像深山老林里的房子，一般都是几十两银子一座，空气又好，又安静，非常适合发呆打瞌睡。这都是孟楠拿回来的宣传单上说的。

孟楠说："老爷还是趁早买上几座吧——看，这叫什么，极致深宅无人区，给你浪漫的想象一个家！说得多好！"

我被孟楠说动了心，便去看房。

远上寒山石径斜，白云生处有人家。只有几座石头洞，门对青山不知年。

我刚进入一个洞里，孟楠便大喊："可以了。"

一扇石头门訇然关上，我的眼前一片黑暗……

我到底哪里得罪了孟楠？她竟将我陷入此等绝境？

我渐渐适应了黑暗，还好，洞中有吃的，还有一条小溪。还好，我还可以活着。但已不知时间如何在流逝，只盼望有一天洞门大开，重见天日。

在洞中，我一直反复回味与孟楠的点点滴滴，想想哪里得罪了她。从认识到进洞，竟无一点问题，包括娶三房小妾，还是她出的主意。我开始向童年追溯，一直到婴幼儿时期。忽然，我眼前浮现出一个画面：一个女娃娃正在吃奶，一个稍大点的男娃娃上前一脚将其踢开，扑上去吃奶，女娃娃大哭，在谁也听不懂的婴啼中对男娃娃说："你等着，你小子等着。"

那时，我们两家租住在一个大杂院里，雇了一个共同的奶妈，这种争奶吃的现象是常有的。没想到的是因为我和她争吃过奶，她还认出了我，主动与我套近乎，并最终霸占我的家产，将我囚于深山洞中！可是，复仇是件严肃的事儿，她这么精心策划，一定不会像争吃奶这件小事这样简单。

我又想：难道孟楠和我有杀父之仇？我是不是误杀了他的老父亲？可是岳父大人长什么样，我都不知道。何况我从没有杀过人。我日日坐在洞中思索。

终于很久后的一天，孟楠居然出现在了洞外，那时洞中能吃的东西已经无以为继了，孟楠问："你可知错？"

我忙不迭地说："我知道错了！我知道错了！"

天地良心，发生了什么我都不知道，我何错之有？但此情此景，我只有认错，以期出洞！

"你既然认错了，我也不是心胸狭窄之人……"孟楠果然将我放出来了。

很多年后，我才得知，孟楠之所以对我实施那次复仇计划，几欲将我置于死地的原因，竟然是在我们结婚前，曾经有人对她说，为了在我那里看足相做足疗，竟宁愿饿着肚子，少买了很多鸡蛋饼！她为此恨我至极，为了不可告人的目的和我结婚，结婚后恨意未消，还要趁机算计我！

　　这一切，竟都是一场商业竞争！

出发

你一定要重出江湖吗？白衣女子含泪问道。

他身着黑色长袍，站在石桥上，桥下清流，远处竹林茅屋外，有母鸡咯咯叫着，定是那只芦花鸡下了蛋，其他母鸡下蛋从不吭声。

他整整肩上书箱，摸摸腰间佩剑，说，我说过还会浪迹天涯，你当初也是答应的。

可眼下这里的一切你让我如何说放下就放下，比如那枚刚下的鸡蛋？

丝毫不牵连地走，你若做不到，就让我一个人先走吧！

你难道已经有了确定的目的地？

没有。我此生出走了太多回，刚开始都是有目的地的，可从未真正抵达。而且有的目的地，走到一半的时候竟发现是错的。遇到你，不也是一次意外的迷路？所以，这次我并没有事先确定目的地。

既然没有目的地，为什么还出发得如此认真？如此着急？

出发，本身就是目的，不认真怎么行，不着急什么时候才能真正地出发？

那，这些铁你带上，以备不时之需。她递上来一兜砸得很仔细的碎铁，他一眼认出来是家里的锅。那是爱末恨初缺铁的乱世，人们求人办事或走亲戚都喜欢给送铁。

没了锅，你如何做饭？他惊问。

你不在家，我还做什么饭，咱们一起走。她眼里闪烁着快乐的泪光。

他们来到山下驿车车站。好半天也没有驿车经过。爱末恨初年间的驿车还是很准时的呀。

天黑了，疲惫的他们决定改为明天出发。

就在他们正要往回走的时候，路上出现一道光，一辆教练车稳稳地停在面前。

上车吧！我们是顺驰驾校的，欢迎来到未来！车上一个教练模样的人对他们说。

他对她说，看，这就是命运的惊喜！她笑了，和他一起上车。把爱末恨初关在了车门外！

眼疾

她三岁时得了眼疾，五岁时就什么都看不见了。

十八岁那年，因为邻居家临街的房子出租，招来了一个医生，在此开了一间诊所。她鼓起勇气，问了那个声音很好听的医生。医生检查了她的眼睛之后说，她的眼疾是可以治好的，但需要一笔在她听来非常高昂的医疗费，而她买一片感冒药都要考虑很久很久。她和奶奶相依为命，根本没有钱治眼病。

每一天，她端着奶奶做好的鞋垫上街去摆摊儿，在街角一个安静的角落，她安静地坐在一只小凳子上。街上有叫卖豆腐的，有大喇叭广播卖化妆品的，有卖眼镜的，她不知道人们为什么需要戴眼镜，她从来不戴。奶奶说她的眼睛很漂亮，虽然她什么都看不见，但她知道什么是漂亮。她依稀记得小时候所看到的世界，头上的春风吹着碧绿的柳丝，蔷薇花又香又白。

他又来了，从街角那个水表坑的盖板被踩出的那一声清

脆的声响，她就可以判断是他。踩水表坑盖板的人很多，但都
不一样，骆大爷是一边咳嗽一边把水表坑盖板踩得一声闷响，
六婶子是小脚踩得咚咚两声响……

她从不会猜错来人！

她看不到他，他穿着带钉的皮鞋，成了她耳中的时髦声
音。

他每次路过她这里，都会照顾她的生意，递给她两张票
子，拿走一双鞋垫。他话不多，却总是很温和。他总是在付过
钱之后，拿着鞋垫叹道："多好的手工鞋垫呀！"

她有一次小心地问他："你这样经常买鞋垫，穿得了吗？"
在她心目中，他就是大款，三天两头换鞋垫，他的鞋子一定很
高级，与众不同，要知道做一副手工鞋垫，要费奶奶很大功夫
的。

他笑了笑，很自然地接听电话，对着那头胡言乱语了一
通，她听得出来他不是那种在乎鞋垫需要几天一换的人。

她开始想象他的模样，从讲话的声音听，他应该很帅气；
从走路的脚步听，他应该很矫健，应该是不胖不瘦的体质；从
他经常换鞋垫，可以推断他非常讲卫生，收入应该也不错。她
看不到的是他有点跛足，在她听来，他走路的节奏是那么自
然，仿佛踩着什么节拍。

那场雨来临前，没有人觉察到，很突然地乌云密布。她听
到街上的人开始跑起来，喊着要下雨了，感到脸上有大风吹
来。六婶子正好在旁边，赶紧帮她收拾小摊子。雨落下来了，

她一急，被地上的一个小坑绊倒了，六婶子没能扶住她……

　　她在即将倒地的一瞬间，被人扶住了，正确地说是——拦腰抱住了，那一刻不抱住就会摔倒！原来他一直在，或者说，发现要下雨了，他第一个想到的就是赶过来帮她！

　　"多亏了你！"六婶子对小伙子说，而她却有些不好意思，许久没有开口。他们在六婶子家的屋檐下避雨。他话不多，一直望着她，而她知道他一定在看着自己，也紧张地说不出话来。六婶子忙自己的事情去了，两个人就坐在屋檐下听雨，雨来得急去得却慢，后来变小了，却一直没有停下来。

　　"你的眼睛，看过医生了吗？"他小心地问。

　　"医生说要好多钱……"她难过地说。他没有再说什么。

　　他送她回家后，有几天没有来她的鞋垫摊，她没有听到那带着鞋钉的脚步声。

　　那几天风和日丽，她坐在秋日的阳光下，手里编织着一条围巾。他来了，说要带她去医院看眼疾。

　　她说她没有钱。他说他有钱。她摇摇头，不愿意。他居然把眼科医生请到她家里来了。眼科医生对她和奶奶说，这种眼疾花不了多少钱，劝她们一定要去医院检查治疗。而且根据她们家的情况，可以减免费用，只需要花很少的钱。她和奶奶将信将疑，但还是去了医院。

　　医生让奶奶先去交一百元钱，并体贴地说，因为已经给院领导申请过了，最多再交一百元就行了。她和奶奶虽然不敢相信，却因为对于眼睛复明的渴望，一切就照做了。

　　她的眼睛终于治好了，她终于又看到了小时候看到过的缤纷多彩的世界。虽然是秋天，柳树还是那么碧绿，更多的东西她见都没见过，她感到眼花缭乱，又感到幸福无比。她和奶奶早就猜测是他捐的钱，经过再三询问医生，终于得到了肯定的答案。

　　但他就此消失不见。虽然眼睛好了，但她还是去摆了几次摊，就是为了等他，可是他没有出现，带钉的鞋没有踩在水表坑盖板上，他的声音也一次没出现。就算她眼睛好了，也认不出街上来来往往的人哪一个是他，她依然会闭上眼，倾听他的到来，很遗憾，她一次也没有听到。

　　奶奶卧床不起后，她去了离家不远的超市上班，挣钱给奶奶买药。每天里里外外忙忙碌碌。

　　一天，她在难得一去的城东看到街上有人打架，被打的是一个哑巴。人们都说，那个哑巴不小心踩住了一条狗的尾巴，狗主人不依不饶。任凭两个大汉怎么打，那个哑巴都不出声。

　　等两个大汉打够了，在人们的劝说中远去，她递给哑巴一张纸，让他擦鼻血。哑巴看见她，眼神突然有一阵慌乱，但马上就安定了下来。他望着她的眼睛，微笑着表示谢意。然后看她走远，他才跛着足一步一步回到自己的小窝。

　　这个无父无母的哑巴，曾经有一座还算不错的院子，而如今他已无家可归，他再也没有穿过带钉的皮鞋，没有开口说过一句话。但当他看到她明媚的双眸时，心里感到安宁。

外婆珠

一

古道边，她送他走。荒芜的郊外，连一只鸟都看不见。元丰七年初秋的晨风吹动她绿色的裙裾，而他白衣飘飘，面色冷峻而迷人。

"成，你真的要走？"她鼓起勇气说。望着他冷峻的脸，她有一万种不舍。

他回转身，望着她，良久，低声说："小颖，等我混好了就来接你。北屋房梁上还藏有一锭银子，万不得已的时候拿去花！"

小颖闻知此话，脸上掠过一丝忧伤："就你那剑法，如何能够混好？你我何时才能相见？"她眼中有泪滑落。

"你放心，我运气好，何况我还有外婆珠！"他笑笑，但那笑，显然有些勉强。

"外婆珠是见外婆用的，我又不是你外婆……"她更难过了。

"不，一样的，都能见。"他伸手轻抚她脸颊上的泪，"我可以把你设置成我外婆……"他似深情似玩笑地说。

她低头，思索他的话，一边递出攥在手心里好久的平安符："喏，拿着！平平安安回来！"

他接过，喉头哽咽了一下。

驿车来了，他登车，挥手，从此告别。

二

某一天，在汽车站等车回乡的刘老板，突然被一个女子塞到手里一张小广告。

刘老板拿着小广告，随便瞥了一眼，就要扔掉，却突然发现小广告上印了一幅古画——是古道边送别的场景，画中远处有一片绯红的桃花，画上的男子是背影，但那个女子却好生眼熟。画上有两个大字：七年。

他按照小广告上的电话号码打过去，想要问这幅古画上的女子是谁扮演的。那边却很是热情地给他介绍了一大通"七年"美容会所的情况，并告诉他男士也可以做皮肤护理。他说只想知道画上的女子是谁，那边最后冷冷地回复："网上搜的。"

他无奈挂了电话，好在时间尚早，就用手机上网搜古装美人。这其实很不可思议，为什么他突然要打听这个小广告上的古代女子呢？连他也说不清楚。

他本来也没有打算能够在网上搜到这幅画，可是，他却搜到了，这是北宋一位不愿意署名的画师画的一幅《送别图》。据说原画已经消失，这是民国一个画家根据流传的摹本再临摹的。他望着画中人，莫名其妙地流泪了。

三

事情很不顺利，那个元丰七年出门的叫成的男子，一去不回。他想联系小颖时，才发现外婆珠已经被上一个拥有者设置过一次了，而外婆珠终生只能设置一次亲密联系人，所以他联系不到小颖了。他只有回到故乡才能见到小颖，可一事无成的他哪有脸回去？每当他拿起外婆珠，看到的都是一个陌生男人，这应该是一个痴心女子设置的，这男的也不帅呀，值得日思夜想吗？终于，成把外婆珠换成了几个吃饭钱。

他的剑早已不知所终，身上只有小颖送他的护身符，他一边啃大饼一边想：是不是该回去了？

却说小颖和成分别后，一路苦笑着，她耳边回响着成的那句话："小颖，等我混好了就来接你。北屋房梁上还放有一锭银子，万不得已的时候就拿去花！"

其实，北屋房梁上的银子，小颖早已为成买了宝剑，哪里还有？成却以为小颖送他的宝剑是小颖家传的。小颖不想让他担心，才不在临别时道破。她知道他手里的外婆珠没有用，那一别之后，他们一次也没有见过。苦苦等待中，她在水边种了一片桃林。每到春来，桃花开放，小颖就坐在桃树下仰观桃花，想远方的人。

四

刘老板坐在回乡的汽车上，脑海里总是出现那幅古画上的那个女子和那片桃林。

作为生意人，尤其是搞新科技的老刘，并不是那种真心喜欢艺术的人，他平时根本不看什么古画，更没有关注过什么古装仕女图，可是，一张小广告上的古画，一张随便在网上就能搜索到的古画，突然让他有一种割舍不下的心绪，让他总觉得有什么事情需要去做。

时值仲春，汽车越过一座大桥，忽觉眼前一片开阔。其实说开阔并不准确，而是，眼前一亮：好大一片桃林啊！

他的车票目的地是很远的城市，可他毅然在这里下车了。

是春日宁静的午后，他穿行在桃花林中，走着走着，他仰头，隔着桃花看见亘古的蔚蓝天空，耳边有风吹过，还有流水声，他仿佛忆起了平生所有的春天，却又有些弄不清身在何方。

"成！"背后一个好听的声音叫道。

这声音如此熟悉，像一千年前曾经听过。他回转身，看到小颖远远地走来，风吹动她绿色的裙裾，真的是她。刘成刘老板恍然感到一千年的大风吹过，他记起那次刻骨铭心的离别，记起自己这一千年来的苦苦寻觅……

易珠记

传说西域有一种珠子，叫外婆珠。

西门无关、度月和猜风一起下山游玩，度月拿出一颗珠子，对西门无关说："这是个宝物，你可以拿去换钱……"

西门无关问："此珠有何宝贵之处？"

"瞧，那里有家店，我们可以大吃一顿……"度月道。

三人大摇大摆地进去，点了好酒好菜，大吃大喝。

酒足饭饱，付账时，西门无关拿出了那颗珠子。

"知不知道外婆珠？"西门无关递上珠子问。

"外婆珠？当然晓得……"店小二接过来，看到西门无关那外行的样子，更加确定了这珠子的赝品地位，"听都没听说过吧！外婆珠原产世外仙山紫云山，因无人能上，故世间只有当今圣上才有一颗，还是百年前仙人下凡时带来的小童偷偷拿珠子换东西时落入凡间的，后被人进献给了高祖皇上。百年来只有这一颗珠子，世人都已晓得，每一家珠宝店对此神物也都有介绍，故而大家也都识得！真正的外婆珠的好处是，不管你身在何处，不管你外婆还在不在世，你拿着外婆珠待在暗室，一定会见到外婆……"

"这么神奇?"西门无关瞪大了眼睛。而度月和猜风则在一边笑。

"这世间，一定有很多宝物。可惜因为年代久远或人事更迭，很多都在祖传的过程中不见了。可我依然相信那些宝物的存在，相信这世间还有奇迹。"店小二说。

西门无关想起小时候的事情，外婆那时尚在人世，他记得外婆的样子，印象最深的是一次中秋节，外婆拿了一块好吃的蛋黄月饼，递给他时，被家里调皮的大黄狗叼走了。

西门无关想试试这颗外婆珠。因为他听说这颗珠子原产地是紫云山，一下子就相信了店小二所讲的外婆珠的功效。

"好，你拿着珠子去那间小黑屋，看不到你外婆就别出来了，我们不能让你们吃霸王餐，总得关押人质的!"

西门无关拿着外婆珠进了小黑屋。

他刚关上门，就听到一个令他毛骨悚然却又亲切无比的声音在耳边响起:"无关，快吃月饼!"

借着外婆珠发出的微弱的光，西门无关看到眼前的小几上放着一块月饼。大黄狗没有来抢他的月饼。

多少年过去了，西门无关终于吃到了那块月饼，真好吃。虽然西门无关在紫云山吃了数不清的珍品异味，但童年的味道一下子就攫取了他的心。

借着外婆珠发出的越来越强烈的光，西门无关看到了外婆。

"外婆!"西门无关大叫道。

"别过来!"外婆轻声阻止他。他这才看见外婆坐在一个如蚊帐般的蛛网里。

月饼吃完了,外婆不见了。西门无关惆怅地走出小黑屋。他来到度月跟前,把外婆珠交给店小二,转头问度月:"你有没有父母珠?"西门无关从未见过父母。

度月摇摇头。

店小二叫来店小三,让他进去试试。

"为什么你不亲自试试?"度月问。

"我进去了,你们就跑了,如果是假珠子我去找谁?"店小二很精明。

但过了一会儿,店小三出来了,手里居然提着一兜冒着热气的烤红薯……他说起小时候外婆给他烤红薯,说起外婆的疼爱,泪流满面!

"珠子是真的,你们可以走了!"店小二从店小三手里接过外婆珠,平静地对度月三人说。

三人离开。店小二拿着珠子走进小黑屋。他记得小时候,外婆有一次对他说他的亲娘在何处,当时年纪小,没有听明白,这次他打算好好问问娘亲的下落。

拿着外婆珠,关严小黑屋的门,他的心剧烈地跳动着。

一呼一吸,再一呼一吸,再深呼吸——

奇怪,为什么外婆还不出现?为什么外婆珠不发光?一点儿微弱的光也没有？是自己太缺德了吗？再等了两次呼吸，店小二忽然明白了，赶紧冲出小黑屋！

店小三早已逃之夭夭。

是的，店小三有一颗大街上常见的赝品外婆珠，平日里一直在胸前挂着。他在出小黑屋之前，把真的替换下来，精明的店小二一时大意，竟让这厮骗过了。

七宝的藏宝图

　　当务之急，就是寻找传说中已被当地人弄丢的藏宝图。华山派七宝骑驴至西域，闻集市上波斯人言城外有一处宝藏至今无人知其下落。七宝心花怒放，此次出门所携银两已不多，爱驴已由胡萝卜改吃白萝卜，自己已由每日两杯科勒久河红提葡萄酒改为每日一杯槿椋布河出产的小瓶装白地瓜酒。七宝暗自想：四处打听藏宝图肯定行不通的，但不打听肯定也是没有人告诉你的！这仅仅是个传说还是确有此事，自己还不能确定，波斯人信口开河也不是一次两次了，仅早餐摊上波斯人出的小说集，每天裹油条无数，就可以证明——波斯人善于虚构！

　　"当时是发生了地动，地动不是地洞，是动不是洞，听不听得懂？"波斯人用一黄一蓝的大眼睛望着七宝问。七宝看看他深陷的眼窝和大眼睛，望望他鹰钩鼻子，点点头说："懂！"他不明白这个波斯人的眼睛是如何做到一黄一蓝的，据一张洒上了鸡汤的小报说，天生两个瞳孔异色的人都有特异功能，不是走路撞墙就是走路捡钱。

　　为了逃离江湖风波，华山派七宝来到西域，并顺带寻找传说中的宝藏，当上大富豪，然后按照一本抹了蜜的书上说的那样过一种世外高人的生活。可他发现自己严重低估了西域的物价，本来驮的银两在中原也可以做一辈子富家翁，但在西域，一碗特色牛肉面就要了内地一头牛的价钱，待要不给，那个不知身上文的是龙虾还是蝎子的厨师抄起不知是擀面杖还是牙签的玩意儿就抢了过来，幸亏七宝从来没有把那玩意儿当成牙签，他一直以为那是遗忘在餐桌上的擀面杖，此时他明白：躲，是躲不过去的，最有效的一招就是——掏钱！说时迟那时快，只见七宝一手掀起大衣下摆，一手伸进腰袋里，顿时那大木棒子就停了，唯有耳边的风声还未止住，呼呼的，余音绕梁……"曾经女房东挂在嘴边的那句话是多么正确：'男人最帅的动作就是掏钱的动作！'"七宝把三两银子付给厨师，对在一边看热闹的两个商人说。就这样，也没帅几次，银子很快就花光了。由于爱驴和一匹汗血宝马谈上了自由恋爱——这地方汗血宝马还是比较多的——说什么也不肯往东走那条通往中原的大路，回是回不去了。大概汗血宝马的主人不同意这门亲事——肯定不会同意！最近爱驴心情特别不好，动不动就使性子、尥蹶子……"驴唇不对马嘴，亲，你就死了这条心吧！"七宝对爱驴说。驴不听——这家伙明显耳朵里塞了驴毛！这家伙每日里蠢蠢欲动，思谋着和那匹只见过两个照面的汗血宝马浪迹天涯，过着红尘做伴潇潇

洒洒的生活！"可是，还得去砍柴啊亲！"七宝牵着爱驴，走
进丛林，爱驴东嗅嗅西闻闻，一副"天生本驴必有用，未必
明早还砍柴"的架势让人很容易看好它。

　　藏宝图没有一点消息，但这样说也是不准确的，集市上
小孩子们玩的一种玩具就叫藏宝图，七宝看过，纸张低劣，印
制粗糙，还都是错别字。如此看来，藏宝图也许在此地已经是
人人知道的传说了。也就是说这不是个秘密，仅仅是个传说！
说不定已经没有宝藏了。

　　根据玩具藏宝图上所绘，藏宝地就在距此三百里的北面
无穷山中，七宝在考虑要不要去看看，藏宝图上路线写的还
是很清楚的：沿着北关大道一直走，越过天琴山，再蹚过涌冰
河，穿过一座百里原始森林就到了。但据说那里有猛兽出没，
想到猛兽，七宝还是有点担心，自己虽然在华山派排名第七，
但一人一驴穿越百里原始森林还是没有把握能保住驴的，想
到自己的爱驴会谈恋爱，七宝觉得不能让这种通人性的动物
冒险，爱而不得也就罢了，再被猛兽香喷喷地吃掉实在是残
忍。

　　七宝一直没有动身去无穷山。就这样，每天一个馕充饥，
可就算再省吃俭用，七宝也终于山穷水尽了，此时他咽下最
后一口馕，想着明天的食物是没有着落了。虽然食物没有着
落，七宝和驴也不去砍柴了，干大事的人不能成天砍柴呀，得
多动动脑子，多思索多忧愁！

　　于是，七宝就在忧愁中想到赊点藏宝图去兜售。这不得

不说是一个现成的买卖，多少总能赚点钱，因为此地外来人口多，藏宝图还是有销路的，在大马车站、在酒馆，经常看到有人推销藏宝图，薄利多销，很多刚来此地的人都会买。

当七宝真正开始接触玩具藏宝图时，才仔细看那些花花绿绿的纸片，他发现了一个问题——那些藏宝图上标注的宝藏位置，居然每一张都不一样！这可是重大发现！

也就是说，在混淆视听之中，也许有一张就是真正的藏宝图——七宝发现这才是聪明的做法——最好的办法就是把树叶藏在树林里！

于是七宝进的一批玩具藏宝图，一张也舍不得卖掉——他怕哪一张被人买走，恰好是真正的藏宝所在——这真是一件折磨人的事情。

就这样，七宝根本无法做藏宝图的生意，几乎要饿死了。他日日和爱驴坐在小茅屋里，翻看那些玩具藏宝图，偶尔抬头茫然地望着这座西域之城，天气好的时候，窗外还隐隐约约可见远方有无穷山的雪顶，那么美丽那么遥远，庆幸自己没有和爱驴前往，那定是无法抵达的地方。

西域花少，七宝倒是天天饿得能看见各种花与繁星。在七宝的想象里，无穷山的雪顶下，到处都是宝藏，珠宝玉石浩如烟海。但他不能去，自古及今，还没有听说有人从那里回来。

有天夜里，七宝做梦和驴到了无穷山下，那里风景秀丽，青草连天，却没有珠宝玉石，但七宝居然很开心，一直到梦醒了还笑个不停……

离罗塔

　　离罗塔高可齐天，有 199 层，每一层都很高很阔。她只进去过一次，是和他一起，那时塔只修到 99 层。他说他在那里画了她的容颜，在 99 层的屋顶。

　　她小姑娘般地跟着他去了，她看到了自己，怀抱琵琶的自己，她不记得什么时候他偷偷描画下了自己弹琵琶的样子……

　　塔修好了，他却走了。

　　离罗塔修了九十年，他们在一起待了也不过一百多年的光景。一百多年弹指一挥间，比什么都短暂，相守一百多年，分别数千年，她仍清晰地记得他走的那天早上的日出和云霞。

　　那是一个初夏的早上，她从一个极美的梦中醒来，发现身边的他不见了。他总是起得比她早，他一定是在花园里给她摘带着露珠的恒花。

　　恒花是一种开了就不会败的花，赤珠山上开满了恒花。因为恒花不败，开一朵就多一朵，千万年来不知开了多少朵花，而她是第一个吃恒花的女人，是他给她熬的恒花汤。每天早上他都会在煮雪斋的炉火上煮雪，然后去花园里摘恒花，那是座无比巨大的花园，里面的花草都很高大。说是花园，只是因为里面的植物都会开花，其实说是森林倒显得更合适些。安静的早上，花园里没有一个人。如果外人贸然走进去，那遮天蔽日的花草，那令人神魂颠倒的花香，一定会让人迷路的。水沸腾时，他恰好摘满一篮子带露珠的恒花。恒花入水的一刹那，会发出尖叫声，每一次都会吓他一跳。每次，是的，尽管他已经用雪煮恒花无数次了，每次还是会被那尖叫声吓一跳。恒花为什么会尖叫，他也想不通，按说习惯了就应该接受的，可他实在是受不了那种尖叫。

这天早上，她等了许久，才觉出不对劲，起身，到煮雪斋看看，那里冷冷清清，他今天早上没有煮雪，炉火安安静静。

到花园里去寻他，花园的篱笆门上的朝颜花正开得好，她看到篱笆上的木头锁没有打开。

他一定去干别的事情了，她想。虽然他从未如此，但她理解：一个男人不可能一直给你做早餐。

她把女仆都叫过来，问谁看见了他。大家都说没有。她想也是，他是来无影去无踪的，谁能知道他的踪迹呢？

到中午没见他，太阳落山了他也没出现。

她守着窗外的月亮，等他。等他回来对她说今天一天都去了哪里，也许是一个惊天之喜也未可知呢。

但月亮落了，太阳再一次升起，他还是没有回来。她决定去离罗塔看看。

　　不到万不得已，谁也不能进离罗塔。这是他曾对她说的。她还知道，离罗塔几乎藏尽天下至宝。所以机关严密，对于想进塔的人来说充满了危险。

　　她按照他说的，为进离罗塔做好了充分准备。首先沐浴三遍，熏香一个时辰。沐浴还可以，三遍就三遍，沐浴一遍，等身上干了，再沐浴一遍，如此三遍；可熏香最是让人难以忍受，准备一个大木桶，沐浴后一丝不挂地坐进去，只露脸在外面，要忍受高温和高浓度的熏香。那些特制的熏香材料熏在皮肤上，身上会感到一种疼痛和一种莫名其妙的失落感，她上次和他一起去看离罗塔时都是那样熏香的。熏香过后，皮肤呈紫色，一年才褪去。他告诉她，不如此熏香，就会被离罗塔里的凶兽闻到气味，就会有大麻烦。

　　她按照程序沐浴熏香，然后拿了离罗塔的通行玉牌，只身飞往对面妙峰山的离罗塔。

　　但她也明白，说是对面的妙峰山，其实很远，上次他带着她高速飞行了一天一夜。

　　空气里仿佛有什么东西，飞起来特别困难。云层很厚很沉很低，每向前一点就会有巨大的阻力把她往回推。当她终于看清楚面前的东西时，她果断放弃了。

　　她不再去离罗塔寻他了。

　　她回去后不吃不喝，对着离罗塔发誓以后永远也不会爱了。那些誓言一经她的口说出，都变成了石上刻的字，在赤珠山上的一块天然屏风石上深深地刻下。当然她当时并不知道，也是后来有一天她才吃惊地发现的。

原来每一句誓言都不会白白说出，总有个地方给你深深刻下记载着，这是一件多么神奇的事情。

从那时起她一直穿绿色的衣服，从那时起她的头发开始变绿，自从他走后，她的头发一点一点变成碧绿。不知多少年过去了，她的头发每一丝绿色都像万丈深潭一样碧绿。如果说思念是有颜色的，那么一定是绿色。

她始终思念着，那个在云层里把她往回推的阻力，那是来自他的阻力。她在云层里独自飞行，在接近离罗塔的时候，看到了他，她万分欣喜，早已忘了埋怨他的话。可是，他已变成一个陌生人，面无表情，根本不认识她，只是一个劲地往回赶她。

后来她想，他应该是为了她好，除此她再也没有别的理由。塔里凶险，不进肯定是好的。他用尽全力把她推回赤珠山。

有一天他回来了，依旧为她煮恒花汤。至于这么多年的离开，她没有问，他也没有说。她一如往昔地喝着恒花汤——喝着喝着就流泪了——她知道，这是个梦，这么多年，唯一梦见他的一次。

波斯红

　　一定是个充满凉意的清晨，那个登楼的女子看见了陌上杨柳，她听见脚下窸窸窣窣的细碎的声响，知道那不是她长裙的声响，她早已习惯长裙不再拖地了。年轻时喜欢的事物很多，包括拖地的长裙、手腕上整齐的东海珠子、额前的刘海、指甲上的波斯红……

　　现在她的长裙虽然很长却从不拖在地上，也从不发出那种声响——那是落叶发出的好听的浅唱。鲜黄的落叶很惊艳，是夏天没有的鲜黄，铺在发灰的青石地上，铺在一级一级的青石台阶上，非常耀眼，像当初枝头的春花一样耀眼。她低头的时候看到青石台阶边缘上的苔藓已经老去，夏天的雨滋润过的苔藓此时已不再鲜绿，已经变薄发暗了，那在青石上形成的神秘图案像是在讲述一个古老的爱情，又像是藏着一个深幽的梦……

　　这座木石结构的小楼，有一个尖尖的楼顶，四个檐角最初还挂有风铃，风一吹，叮叮当当很是好听。她当初嫁过来的时候最喜欢的就是这座建在风荷园的小楼，就是那些悬在风中的铃铛。那些铃铛早就不见了，被多年前的秋风吹掉了吧——记得有一年初冬，她指挥侍女打扫园子里满地落叶的时候，还在地上看到过一个破旧的铃铛，可当时她并没有产生怜惜之感，只顾着埋怨那个久久不归的远行人。现在忽然又想念起那些铃铛了，想念起那些过往岁月里叮叮当当的声音。

最初是忽然有一天，那个人对她说他感到累了，他太疲倦了，需要远行。她一言不发地帮他收拾行李，为他装了很多精心选择的干净衣物，他喜欢的扇子，随身的佩玉……那个远行人后来真正离开她，并不是因为远行不归，也不是远行。从他第一次远行，他就明白，只有不断的远行才能让他得到休息。她听了似懂非懂，但点了点头，后来她才真正明白了，他的疲倦不是疲倦，是厌倦。他后来再也没有远行，但在她心中，他再也没有归来。

她曾经坐过的那个石凳，后来再也没有坐过。第一次来到这园里，她非常喜欢那段曲径回廊，那一天她坐在回廊下的石头凳上等他，那是她一生中唯一能够确定等到他的一次，却也是一生里最忐忑的等待。那时她安静地望着回廊柱上的图画，望着那古色古香的建筑带给人的奢华的美。建筑配件太多，显得有些浪费材料，在人们不留意处有太多精心的描画，也有太多的惊喜，太多的默默守候……她紧张得双手绞在一起，指甲上神秘的波斯红分外耀眼。那时她听得见水里的小鱼吐泡泡，听得见不远处沙沙的树叶轻响，这一切多美啊！以后要多来这里坐坐。可是，十多年过去了，连她自己都不敢相信：她几乎每天都来这园子，都经过那个石凳，居然再也没有坐过。

她再也没有坐在那里等他。她看了看指甲，素白素白，自从她心里没有了等待，就再也不涂波斯红了。

鱼乐园里早已没有鱼，风荷园里也没有了荷，不知从哪一年开始，两个不大的池子里长满了芦苇，芦花开了，渐渐开始变白，像是雪的前世。那段曲径回廊的确很美，年轻时那次等待的确很美。

一个侍女悄悄附在耳边告诉她，园子东南角的那棵桃树爱上了东北角的那棵杨柳。她笑侍女说时竟如此神秘，便故作惊讶地问："你怎么知道？"侍女说："你看，两棵树互相在招手呢！"她看见了，真的是两棵情深义重的树，可两棵树中间隔着数丈远的距离，无论刮多大的风它们的枝叶都不能牵手。春天桃花开，杨柳吐穗。夏天两棵树的枝叶都十分茂盛，谁都可以看出来它们拼尽全力在向对方靠拢、向对方生长，伸枝探叶，却是怎么也换不来一个牵手，更别说相拥了。

侍女因世间多离别而轻叹了一声，她却轻轻说了一句："可是北风一来，你看，它们的叶子黄了，掉落下来，就堆在一起了。"

她捡起一片红色的树叶，是墙外那棵乌桕的。那艳红的叶子让她忽然想起，他送她那一盒波斯红的情形：初冬的午后，金色的阳光斜斜地照在窗台上，有风，墙外的那棵乌桕树的叶子一片一片地落着，一片一片地落着……

（原载《羊城晚报》2018 年 1 月 22 日）

第四辑　在河之洲

在河之洲

这几天夜里总是睡不着。黑暗的大地一片沉寂、闷热。

我走出屋子，来到窗前，借着几点星光，我望见窗外那条奔涌不息的大河！

"公子，怎么又睡不着了？"赤奴悄悄走过来，披一件虎皮在我身上。

我抖了两下肩膀，虎皮掉在地上，我怒道："披披披！成天就知道往我身上披东西，也不看看现在是什么时令，天热成这样，你安的什么心？"

赤奴一时心慌，说："公子莫生气，我也是一时手误，看公子不开心，替公子难过。公子是不是还在为那个女子忧心？"

我用手抹了一下额头上的汗珠，叹了口气，在这个尚未诞生诗的年代，我拿什么比拟我的心情呢？

"赤奴，你去点一个火盆来。"我说。

"公子，你莫不是又嫌冷了？"赤奴不动。

"不，我想——写点什么——"我迟疑着，不确定自己想干什么。夜这么黑，天下这么安静，这么寂寞，又睡不着觉，不干点什么总觉得难熬。

火盆点着了之后，的确亮了许多，可也热得难受，还熏得脸黑泪流。我找来一块木板，借着火光，拿石刀在上面刻字：嘎嘎鸭鸣，在河之中……只写了这么几个字便几乎中暑，赤奴一看，忙上来掐鼻梁，我大急："掐，就知道掐，那么高的鼻梁都让你掐塌了还掐！以后，你让我如何做帅哥？"他手足无措，忽发现鼻子底下那地方趁手，便掐了两下，我这才感觉神清气爽，恢复了平静。我让赤奴将火盆撤走，渐渐在他的蒲扇下睡着了……

天亮，我被雨声惊醒，往窗前走去，我看见河水涨了，那女子没有出现。苍苍茫茫的窗外，是洪荒之前的模样。

雨过天晴，河边有两只狗汪汪叫着。一阵美妙的歌声从窗外传来，正在喝高级汤的我一下子呆住了，那是没有词儿的歌，一直就那么婉转地哼着，高一声低一声，直一声拐一声，我奔向窗前——那女子出现了。

我下木楼梯，奔向河边，看清楚了——她在采水边的荇菜。

她那么苗条那么活泼，比我爹给我介绍的那几个将军的女儿好看多了。

我忙唤赤奴，拿铜盆子铜棒过来，伴着女子的歌声，我有节奏地敲了起来。她听见我的敲盆声，抬起头来，笑了。那一笑，是自从人间有火以来最迷人的笑，亘古未见的美。

　　这天，直到铜盆敲破，我才恋恋不舍地回去。而她，早已采满一篮子荇菜回去了。

　　又是一个不眠之夜，我又有了要写点什么的冲动，但赤奴刚端来火盆，我便又中暑了。我断断近不得这火盆的，可是，长夜难熬啊！

　　赤奴摸黑找来了些牛油，又摸黑折来了几根干透了的豆秆，他将豆秆浸了牛油，打着火石点燃，我从未见过这么明亮而干净的火光。我望着赤奴笑了，又拿了一块木板，用刀刻下：汪汪狗吠，在野之远……一边刻一边想——总觉得狗不能表达我最近那种温柔的莫名其妙的心情，我停下来，望着这既明亮又不热的火光，想着那采荇菜的女子。

　　天亮，久不来往的邻居柏子过来，问我："昨天晚上，你窗户里是什么东西那么亮？"

　　"你看到了？"我大惊。他用一种天知地知你知我知其实谁都知道的神态望着我，等待我的回答。

　　我想了想，既然他那么期待，我不能照实说，我先吟了一句："与太阳同起同睡的人有福了，可是我赞美人间第一盏灯……"然后又故作神秘地告诉他，"我夜遇神人，将天上一颗星放在我屋里，所以很亮。你可不要告诉别人啊！"

　　他大惊，既兴奋又害怕，哆嗦着说："天、天上的星星？"

　　我点点头，笑得十分淡定，他想看看那星星，我说："白天是看不到的。"他失望地走了。

　　这时，我听见河中小洲上有："关关……关关……"的鸣叫，跑出去看，原来是一对儿雎鸠，正恩恩爱爱地在芦苇枝上嬉戏。远远的，一个苗条的身影出现了，她又来了，还哼着歌儿。

　　我喊赤奴快拿铜盆铜棒，赤奴只递上一根铜棒，我问铜盆呢？他说，只剩一个了，还要洗脸用。我说："这个姑娘我追不到，以后还有什么脸可以拿去洗？"

　　我敲烂了最后一个铜盆，那对岸的姑娘终于对我笑了。这一次，她笑了很久，有几只雎鸠落在她肩膀上，她也没有发觉。不过说是笑，我每次都不可能看清楚，那么远，真的只是一种感觉。

　　这时爹唤我回去，我只好匆匆告别了她。

　　原来爹又给我介绍了一个女子，是鹰将的女儿。我说："爹，我已有心上人了。"

　　爹不由分说："今日准备一下，明日在新落成的居所成亲，再去河边，打断你的腿。"

　　晚上，我痛苦地坐在新居的床边，赤奴又将浸了牛油的豆秆点着了，我对着这明亮的火光，拿出石刀，在一块新木板上刻下四言诗一首：

　　　　　关关雎鸠，在河之洲。
　　　　　窈窕淑女，君子好逑。
　　　　　…………

　　从此，长夜里，我思念那个采荇菜的女子时，就点着豆秆。火光中，她的笑容总是浮现在我眼前……

　　而我的妻子——鹰将的女儿，在我点豆秆的时候，总是心事重重地望着夜幕沉沉的窗外……

　　我们谁都没有认出对方。

无逾我园

对于赤奴，喜欢一个人是痛苦的，因为他天生害羞，从不敢表白，只是暗恋个没完没了。于是他经常神不守舍，连给我磨墨都能错拿成一块镇纸或石头。

"唉，赤奴，你看你，把我的砚台弄成泥坑了。快，快给我洗砚去！"我气不打一处来。

赤奴端着我的翕砚，往洗砚池走去，却一直走到了村口小河边，因为那里有碧奴。碧奴总会在那里洗城王一家子的衣物。

赤奴神不守舍地洗了半天，最后将一只乌龟端到我的案头，说："公子，洗好了！"

我看那乌龟，那乌龟也莫名其妙自己怎么会来这里，于是也拿两只绿豆眼瞅我，真是大眼瞪小眼，相逢何必曾相识。久仰了龟兄。

"赤奴，我的砚呢？"我大怒。乌龟吓得忙缩了头，尽量装得更像一方砚。

赤奴这时才反应过来，端了乌龟就走，我忙拦下："乌龟留下，去把砚找回来！"

赤奴直接去了城中大街，因为那里有碧奴。这会子碧奴正陪着城王夫人在逛街。

当赤奴两手空空回来时，我叹了一口清新无比的气，说："表白吧，再不表白，我怕你会把我弄丢了。"

"公子看出来了？"赤奴大惊。

"瞎子也能看出来，你喜欢上了碧奴。"我故意闭上了眼睛。

"可是，众所周知，碧奴不苟言笑，脾气很大，级别已远远超过一般人家的千金小姐。我怕……"赤奴顾虑重重。

"你怕什么呢？有什么意外，有我在呢。去，就说是我看上她了——"赤奴脸色都变了，我忙改口，"就说是你看上她了，成与不成，让她表个态。"

赤奴还是不敢去。此时碧奴大约在城王府花园陪小姐赏花，赤奴有张"碧奴工作日程一览表"贴在我们餐厅最显眼处。

我想了想，咬咬牙，拎出一坛子"状元红"，招呼赤奴："来，喝点酒，壮壮胆！"

赤奴从不喝酒，这跟我平时教导无方是分不开的。

赤奴举酒，喝下一大口，久久不能平静，曰："美！"又说："前世必有以酒兴其家者！"

我说："你猜对了！我爷爷就是靠卖酒发大财的。"

他又喝一口，曰："今世必有以酒误其事者。"

"你又猜对了，隔壁老王就是酒后说出了自己藏钱的地方，被媳妇一锅端了他的私房钱。"

然后敬我一杯，曰："祝公子马到成功！"我一听，愣了，难不成今天让我去向城王家小姐表白？我说："今天我先不急，你先去。"

赤奴又喝了一大口酒，咂着嘴说："香，有这么好的酒，公子，你咋就没有考上状元呢？"

我瞪了他一眼："你以为光有好酒就能考上状元吗？再者说'状元'是什么？"我巡视了一圈儿，"还得有好菜！"然后我端上一盘子剩白菜说："表白表白，先吃白菜，吃了白菜，表白成功！"赤奴举酒，郑重地说："后世必有以酒亡其国者。"

我点头称是："这一句好像在哪本书上看过！"

喝了半天，赤奴话都说不利索了，我觉得时机已到，将其领至城王府花园后门，后门有个狗洞，经赤奴扩展，已可钻过一个秀才。因为那年头没有爱神，我就对赤奴说："今日酒神高照，表白一定成功！"

赤奴从狗洞钻入城王花园，我站在墙头看。这就是后世所谓的望风？

只见赤奴晕晕乎乎摇摇晃晃来到一株海棠前，想撒尿，没好意思，正着急，碧奴与小姐看见了他，碧奴对小姐说："这厮一定是为我而来。"

小姐说："不会是替他家公子来传什么话吧？"听得我心醉神迷。

碧奴说："待我上去问他一问。"说着走到赤奴面前，呵斥："赤奴，你怎么又钻我家狗洞？"

赤奴大囧，结结巴巴地说："我，我……我喜欢你……很久了……"天可怜见，他终于说出来了。

我在墙头上感动得泪湿青衫，没想到赤奴竟能表白得这么好！再看远处的小姐，听闻此语，鼻涕一把泪一把，手帕不够用罗袖擦，罗袖不够就让涕泪挂在脸上……

碧奴愣了足足有一个西周和东周那么久，然后哽咽着问："你说的，确定不是玩笑？"

赤奴还是那一句："我喜欢你……很久了……"

碧奴一下子扑向赤奴，赤奴吓得急忙一闪，碧奴扑了个空，倒在草丛，哀怨地望着赤奴，赤奴却并不拉她，自顾呢喃着什么，碧奴只好自己爬起来，说："赤奴，你躲什么呢？你怕什么呢？"

赤奴说："我怕你，因爱生怕。"

碧奴："你会娶我吗？"

赤奴："待我家公子高中状元，我一定会来迎娶你！"我听了竟莫名得意。

"啊，看来你是不打算娶我了？"碧奴哭了。这让我很诧异。接着碧奴又说，"你家公子，靠不住啊……"

赤奴忙说："山无陵，江水为竭。冬雷震震，夏雨雪……

我就来娶你。"

碧奴更加大哭!

这时小姐说话了:"碧奴不哭,看他诚恳的样子,一定会娶你的。"城王府的吃饭钟敲响了,咚咚,咚,咚咚——碧奴忙对赤奴说:"其实,我也喜欢你,我等你,你先回去吧,钻狗洞时要注意,不要乱捡地上的东西。"

赤奴倏忽钻了回来,捡了地上的什么东西揣在怀里,口里呢喃着说是碧奴给他的信物。

回到家,赤奴就不胜酒力睡着了。他喝太多了,呼噜声大作。我想着心事,一夜未眠。

早上赤奴醒来,我正要写诗,要他磨墨,他端起乌龟就走,我说:"臭小子,还想美事儿呢,还迷瞪呢?昨天你捡的信物呢?"

"什么?信物?"他一愣。我示意在他口袋,他一掏——是一节干狗粪——大惊,"这是什么?"

"信物,你的信物原来是狗屎!"我大笑。

"公子,不会是你放的吧?"

"你忘了昨天的事儿了?"我看他有些不对劲。

"昨天——昨天怎么啦?"他居然真的想不起来了。

"酒都白喝了,白都白表了吗?"我问。

"白,什么白?"他仍愣,然后恍然大悟似的说,"哦,对了,昨天我们喝酒了。公子,那酒真心不错!"

"除了喝酒还有一件事,你想想!"我提示说。

"是因为我吃了公子最爱的芹菜吗？我今天多买点芹菜好了。"看来，他一点儿都想不起来昨天醉酒后的表白了。

我就给他讲昨天酒醉后的事情，谁知他听了，说："公子最会编故事，我若信了，定让人家笑话。公子，这玩笑万万开不得呀。"

"原来你从不信我的话！"我伤心。

他不语。

"去，去洗砚台吧！"我无奈。

他端了乌龟就走，不去洗砚池，一直走到村口小河边——因为那里有碧奴……

有女同车

公交车快要启动的时候，刘晨追了上去，登车、刷卡、落座，一气呵成。取下帽子，开始喘气。人不多，他整理好挎包，习惯性地环视一周，然后就望向窗外。雨后的街道充满了春天气息，路边的玉兰树都开花了，分外耀眼。由于本市开始实行单双号限行，刘晨这几个月又成了公交车的常客。

刘晨看了许久玉兰花之后，车拐了一个弯，窗外都是尚且萧条的悬铃木。收回目光，刘晨和隔着过道斜对面座位上的一个女子对视了一眼。刘晨觉得这女子有些眼熟，却一时想不起来在哪里见过，可能是前几次坐车时见过吧，他想，不免又看了一眼，这次女子没有和他对视。女子穿着深色的职业套装，领口有条纹蝴蝶结，脸上的妆容甚是精致……他终于想起来了，这女子以前在东方商场见过，好像是珠宝柜台的营业员，又好像是翡翠柜台的，反正刘晨可以肯定的就是这女子在东方商场上班。

这期间刘晨接了个电话，他注意到自己讲电话的时候，那女子看了他一眼。他突然觉得自己应该认识这个女子，但他不能确定。因为做广告业务，这些年和他打交道的人太多了，往往是见了就忘，太多似曾相识的面孔，都想不起来在哪里见过。现在距离他下车还有半个小时，仔细想想这个漂亮的女人在哪里见过，倒是一件有意义的事情。

他趁女子望向窗外的时候，又盯着她看了好久。他眼前渐渐浮现出一个画面，对，是在豫北的山水之间，他跟一个旅行团去豫北旅游，对，她也在那个团里。刘晨吃了一惊：不会吧，那是十年前了，十年前自己就见过这个女子？等等，好像他们之间还发生过一件事，对，是下山的时候，这个女子崴脚了，导游小哥背了一段路，实在背不动了，同行的大姐嚷嚷着要团里的小伙子背，刘晨见情势只好也背了这女子一段路，自己居然背过她？刘晨几乎不敢相信，当时也是忙乱。因为给大家添麻烦，女子很难为情，一直说着感谢的话。后来，后来好像还互相留了电话。刘晨的心一下子揪了起来——自己怎么会把这些事都忘了呢？不过也正常，人生有太多匆匆而过的事情记不住，这并不分事情的大小：也许你会记住一些倏忽间过去且又微小的事，却忘了一些看上去挺大也挺费时的事。

但终于，他什么都想起来了，在想起来的那一瞬间，刘晨被吓了一跳：那次旅游后，他得知她和他住在同一座县城，看样子也是未婚。刘晨居然开始追她，和她约会，起初两个人客客气气的，后来，就不分你我了。

十年前的往事排山倒海般汹涌而来，刘晨记得两个人开始筹划装修刘晨父母分给他们的又旧又小的平房，三十多平方米的两间屋子。刘晨和她商讨起各种装修方案时，那种神圣的一本正经，就像是在做一件决胜千里的大事。两个人幻想着自己的小天地多么多么美，对所有低档的装修材料不屑一顾，却又买不起高档的。她并不因没钱而苦恼，一直高傲地设计着小屋，两个人常常因为意见不合而争吵——是不是因为这些争吵而最后分的手？刘晨问自己。分手是肯定分了，什么原因，刘晨一时想不清楚了，谁说的"爱是不能忘记的"？刘晨怎么感觉自己忘了前尘往事？

我爱过她？甚至到了谈婚论嫁装修婚房的地步？刘晨又望向那个女子，女子因为刘晨一直朝她望，便别过脸去看窗外。

她的侧脸真美，珍珠耳坠很符合她的气质，尖尖的鼻子充满异国情调，三十多岁的刘晨，望着这个女子，陷入了沉思。他注意到她的手提布包，也很眼熟，是他曾经买给她的，十年了她还提着？再仔细看，是新款，只是风格还是当年的复古风，上面刺绣荷花图案……

自己为什么和这么美丽的女子分手呢？那该是一件多么令人惋惜的事情，当年自己一定痛不欲生，是不是过于痛苦，才造成选择性失忆？刘晨一直在思考这个问题。

绣着荷花图案的手提布包开始移动——原来女子要下车了。

　　刘晨这才发现自己坐过站了，也赶忙跟着女子下车。

　　下车后女子便消失在人海，刘晨也慌慌张张地往回跑起来了。

　　一整天刘晨都迷迷糊糊的，他一直在想和那个美丽女子的点点滴滴，他想起来两个人之间的很多故事，第一次进咖啡屋，第一次牵着手看电影，第一次在秋风中拥抱……

　　下班回家，刘晨推开房门，妻子迎了上来。刘晨看到妻子的那一刻，差点喊出来——原来，公交车上遇到的那个女子和自己妻子非常像，一瞬间他没想起来这一点，他和妻子并没有分手！从来没有！他只是在幻想中和妻子未结婚就分手了。

唐棣之华

一

七七那天其实已经很累了，一早上出门踏青，只吃了块桂花酥，在母亲的注视下勉强喝了一盏苦菊茶，母亲反复交代丫鬟景秀一定要让小姐早点回来。

此刻，日上三竿，春日的暖阳已经有几分热了。七七里面穿着贡品毛衣，外穿一件鹿皮夹袄，长裙是三层厚的夹心棉布，一点都不飘逸。七七想穿那件“半两纱”的名牌薄裙子，但母亲说春捂秋冻，七七不得不依，只是走到柳树下噘一下嘴，走到草坡噘一下嘴，一路噘了好几次嘴。

她拿出并不吸汗的帕子擦额角的汗，这帕子是绸缎的，上面绣有一只春蚕，可母亲却说是凤凰，不管怎样，她很喜欢，尽管不吸汗。她不经常出汗的，好看的帕子比什么都重要！

她又扶了扶头发，她两鬓的头发和后脑的头发都梳成细细的小辫垂下来，只有头顶的头发扎成发髻，并插了一支玉簪子。她很喜欢这支玉簪子，一头很细很尖，另一头宽宽的，雕刻有不认识的动物。她说是只小猪，母亲却说是只凤凰，差别如此巨大，母亲为什么说什么都是凤凰？

她不知道是不是雕刻的人太笨了，还是母亲老眼昏花了。

看见前面人家在捋榆钱，七七不觉口水流出来，母亲从不让她吃榆钱饭，说那是粗饭，千金小姐不能吃，她见过景秀吃，见过隔壁卖杂货的老白吃，她很想尝尝。可是，她是听话的孩子。

前面有一座寺院，要是在老家江南，那寺院通常是有菩提树的。可是这座寺院看上去不大，只有几株松树，好像还有棵槐树，她最喜欢那依墙而生的一丛唐棣花，她忽然想起什么，便对景秀说："我们到寺里看看再回吧！"景秀点点头。

走到跟前，才发现这座寺院也挺大的，那棵巨大的槐树在红墙外面，此刻阳光把树影映在墙上，让人有一种恍然若梦的感觉。七七喜欢看斑驳的树影，她盯着这面墙上的唐棣花发了很久的呆，忽然就有些伤感。

随着这份伤感的心情，她来到大雄宝殿，宝相庄严，让人心中忽生无限悲悯，缭绕的香火味道，隐隐约约的木鱼声、念经声，七七跪在佛前，低头，叩拜，景秀也一起叩拜。

"小姐，你许了什么心愿？"出来后，两个人沿着一行开花的桃树安静地走了一会儿，景秀低低地问七七。

七七仰头，隔着桃花，她看见了蓝色的天空。

二

如果不是为了等去长安的马车，如果不是因为这个春天的早上，暖风忽然吹落一朵桃花，坐在茶棚下喝茶的少年华山不会站起身，跟着人们走入那座寺院。

他看到烟雾缭绕的香炉，听到寺僧念经的声音，他慢慢挪动脚步，往后面大殿走去。这里他每年都会跟着母亲来两次，今天是额外多出来的一回。他今天打算启程去长安，可是马车还没来，等得心急的他，就告诉小厮十九在原地好好等着，车来了去喊他，他到附近寺院转转。

华山来到大槐树下，巨大的树干上缀满了祈福的红布，仰头看见疏朗的树枝已经开始吐绿。他往前走，来到大雄宝殿，拜了佛，走出来，在殿后青砖铺就的甬道上走着，这里人少，人们都在前面忙着烧香。

地上那是什么？华山弯腰捡起来，细看，是一支玉簪子，忙四下里看，但这一刻，眼前一个人也没有，他想等在这里，希望有人来寻，毕竟，华山是拾金不昧拾玉也不昧的好少年。手拿着玉簪子走到前面人多处，想看看如果哪家丫头头发松了，他就会拿着簪子在人家面前晃……却见小厮十九慌慌张张过来了："公子……马车……马车来了……"

华山闻言，不敢再停留，就把玉簪子袖了起来，匆匆去赶车。马车装饰很豪华，车窗上安装有推拉板，不会被风吹开。小厮王九和赶车的坐在前面，华山一个人坐在车厢里。这辆马车要到前面大路口和车队会合，一起去西安。

华山坐在车里，拿出玉簪子。他嗅到了一丝香味，若有若无，起初他以为是马车洒了香水的缘故，后来发现香味来自手中的玉簪子，是头发的香味。他仔细端详着玉簪子，上面雕刻的是——一只小猪。看样子是年轻人的饰物，望着那只可爱的"小猪"，华山笑了，他想象着这会是个什么样的女孩呢？他反复嗅着玉簪子的香味，似乎这样就可以看到她。

三

"哎呀，我的发卡不知掉哪里了！"博物馆里，戴丽丽一摸头发，发现她的蝴蝶发卡不知去向。

刘平凡说："会不会是刚才在南朝寺拜佛时掉了？"

戴丽丽一想，自己叩了几个头，说不定就是那时候掉的。

算了，再进去还得买门票，那发卡虽然漂亮，也不贵。

刘平凡突然指着玻璃柜说："丽丽，你看这个是不是簪子？戴头上应该不错！"

丽丽并没有觉得刘平凡是在开玩笑，她仔细看了看那件古老的玉器，模模糊糊看见上面刻有一只什么动物，柜前贴着一张纸，上写着："古玉簪，此件为古玉极品，明代著名画家华山墓出土。相传华山大师极为珍爱此物，年老时仍不时

对此玉簪进行描摹，在华山大师很多画里可以看到这支玉簪
子。"

　　"是他初恋的玉簪吧？"戴丽丽笑着说。

　　刘平凡望着戴丽丽："我听说过这支玉簪子的故事，是华
山大师年轻时的故事……那个春暖花开的好天气，他永远忘
不了，仿佛那是他一生中所有的春天……故事的结局是，华
山大师娶了那个叫七七的小姐，但两个人并不和睦！华山大
师只对这玉簪子情有独钟……"

之子于归

　　这个秋天第一枚黄叶飘落下来的时候，东哥正走在通往河谷公园的小路上。

　　路两旁是碧绿的草坪，草坪中间不时有一棵高大的马尾松，落叶的是一棵站在道边无比孤独的梧桐树。抬眼望去，梧桐树的叶子还很绿，只是偶有泛黄的，那片落叶表演般地在东哥面前晃晃悠悠、东飘西荡，久久舍不得落地……

　　其实今天一出门，东哥就感觉哪里不对，先是他从公交车上下来时，发现坐过了一站，然后他往回走，在平日很少走的过街天桥上踢到了一个乞讨者的小铁盆，咣当一声，着实吓了东哥和沉思中的乞讨者一跳！东哥捡起从小铁盆里掉出来的一枚一元硬币，把小铁盆重新端端正正地放到乞讨者面前，把那枚压盆的一元硬币恭恭敬敬地放进去，再从自己兜里摸钱，发现没有现金，窘迫间，乞讨者适时递上来二维码牌子，东哥扫了一下，输入 1.88 元，支付，然后就听到一个响亮的女声：微信支付到账 1.88 元！

见到小妍，东哥就明白今天的不对劲是什么了。小妍脸色很不好看，两个人没说几句话就吵起来了。

"我的话你一句都没有记住是吧？你一切都是在敷衍！"小妍怒气冲冲地说。

"凭什么，我每天那么多事情要记，凭什么一定要记住你这些鸡零狗碎的话？有意义吗？"东哥突然就恼了，再无往日的耐心。

这时候，这个秋天第二枚黄叶飘落下来，东哥抬头看了看——两个人什么时候又走到了那棵无比孤独的梧桐树下。

"分手！"

这个熟悉的词语，像第三枚落叶那样，轻飘飘地落在东哥心里。东哥不再言语，扭头走了。这两年，小妍为他记不住她家有几扇窗户，为他屡次弄错邻居家小孩的姓氏而发火，这样的女子，过一辈子？不敢想。分手就分手，这次绝对不会再觍着脸上赶着说好话、发红包！情感专家说过，成天把"分手"挂在嘴边的女子，感情是最不可靠的。

走到街角拐弯处，他还是忍不住回了一下头，可是，早已不见了小妍人影。他叹口气，心里有一些不安，竟无往日吵架后的爽快感觉。

按照往常，国庆节两个人是要一起回乡的，他们当初也因为是老乡才认识的。两家所在的村子中间隔着一条季节河，每到春来，冰雪融化，小河里会有浅浅的水。他们也因为这条河多了很多话题，彼此更加亲近，才走到了一起。

吵架时是中秋节，到国庆节这中间得有半个月，两个人竟然都没有联系过对方一次，说过一句话，微信也都互相拉黑了。这回两个人谁都不想再服软，东哥心里想，也真有些累了，分就分吧，自己难得清净些，不用再听她在耳边无休无止地说那些没营养的话了！

从省城坐城际铁路再转城乡公交回到村里，一路上都是回家的打工者，东哥没有看到小妍，也许她是故意错开他回家的时间吧。难道她真的下决心和自己分手了？东哥心里突然有些不舒服。他一路上一直在回乡的人群里寻她，不管怎么说，他想见到她，见到了也不用说话，就给她摆个脸子，他想看她讨好他的样子，对，必得是她先开口，否则……

可是一直到家，一直到东哥坐在石头垒的院子里吃母亲端上来的软柿子，小妍的影子都没看见。

"儿子，想好啥时办事了吗？"几乎没有什么过渡，母亲突然发问。

父亲一语不发，一直在枣树下拾掇一个看上去像梅花鹿的崖柏。

东哥假装没听见母亲的问话，假装很认真地欣赏父亲的崖柏，说："在哪弄的，怪不错！"

父亲却答非所问地提示他："你妈问你话呢……"

他"啊"的一声转向母亲，一时不知道该说什么，说已经和小妍分手？这话怎么开口？

"我说你想啥时办事？"母亲很有耐心地又问了一句。

"急啥……"东哥轻轻地说了一句。

"怎么你又不急了？小妍说你催她好几次了……"母亲忽然说。

东哥不知该说什么好。他是问过并催过小妍，可是现在……

"小妍啥时说我催她了？"东哥问母亲。

母亲并不答话，只是继续盘算着："彩礼要多少？你和小妍好好商量，咱们家也不会亏待她。县城那套房子如何装修，我和你爸最近一直在商量……"

母亲絮絮叨叨一直在说，东哥完全听不见母亲说些什么。

"小妍啥时说我催她了？"东哥又问母亲。

"昨天呀……"母亲笑笑，她想着儿子也许是不想说太多，便自顾说，"昨天我去小妍家了，我想你俩认识也几年了，就把事办了吧。小妍听了可高兴了，说让咱们定日子，别看那丫头不笑，她嘴角的高兴谁都看得出来……"母亲很得意。

昨天？东哥闻言，一下子愣在了那里……

一阵风过，院子里的枣树掉下几片椭圆的叶子……

静女其姝

　　杜海说有女朋友的日子就是在云端的日子。

　　这是他没有女朋友的时候说的一句话，就好比是没有到过南极的人说南极可凉快了，就好比没有吃过山楂的人说山楂可甜了。

　　杜海此时站在桂花树下，仰望一树桂花，倾心尽力地嗅着桂花香，他可能在想自己把这一树桂花香都吸进去，就自此长生不老了呢。

　　他在等他的女朋友其姝，此前杜海从未谈过恋爱。

　　"我想要一只小白兔……"其姝从背后拍了杜海一下，吓了杜海一跳。一见面其姝就对杜海说想要小白兔。公园那边的确有一个白胡子老爷爷在卖小白兔，十块钱一只，杜海想都没想就为其姝买了一只胖胖的小白兔。

　　小白兔比玫瑰花便宜多了，还很实用，能玩很长时间，只需要喂一点萝卜白菜就行了。这些话都是卖小白兔的老爷爷偷偷对杜海说的。

　　杜海对尚未有女朋友的哥们帅克说："你现在还是自己洗衣服?"帅克难过地点点头。杜海拍拍帅克肩膀语重心长地说："赶紧找个女朋友吧,让她帮你洗衣服做饭!"

　　其姝很快就和杜海结婚了,这是全世界人民都没有想到的事情,当然连杜海也没想到一切会这么顺利。

　　其姝的闺蜜小丽来找其姝一块儿上街,其姝描眉画眼一番之后,对坐在沙发上看报纸的杜海嗲声嗲气地说："老公,人家要去逛街,你总不忍心让人家只逛街,连个糖葫芦都买不起吧?"杜海眼都没有从报纸上挪开,只是从牙缝里挤出一句话："五十可以吗?"那不可一世的样子让人打心底里看不惯。

　　"不嘛,五十不行!"其姝撒娇,小丽在一边冷笑。

　　"那二十!"杜海很坚决,一点儿也不容其姝再讨价还价。小丽担心地望着其姝,她怕两口子因为这个发生争吵,没想到其姝嫁了个这样的老公,自己挣不来钱就不让老婆花钱!正要替其姝说杜海两句,就见杜海从牛仔裤口袋里拿出钱包,掏出20块钱,放在自己上衣口袋,把钱包交给了其姝……

　　帅克来找杜海的时候,杜海正在家洗衣服。帅克看到杜海穿着围裙,操纵着半自动洗衣机,不时还用手搓搓这里揉揉那里,很熟练的样子……洗过衣服杜海又用电饭锅煮上粥……

　　帅克害怕起来——多亏上次没有听信杜海的话,前几天自己差一点就找了女朋友。

杜海每天下班都要上超市买菜，这天还没进超市就接到其姝的电话。电话里其姝很悲伤，杜海知道一定发生了大事，果然，其姝沉痛地说："兔子死了。"

其姝悲悲切切地哭，大珠小珠落玉盘地哭。杜海忙安慰，说什么兔死不能复生，节哀顺变之类。最后其姝哽咽着说："今……今天晚上……你就别……别买……土豆了，买点姜、辣椒、花椒大料回来吧！"

月出皎兮

　　小雪初进宫的时候，住在御花园旁边一条甬道尽头的一座小院子里，她见过万岁爷好几次，看样子万岁爷还挺喜欢她。可是，除了那几次以外，小雪每天就只能和两个宫女一起看花观鱼，她目前只是一个嫔而已。

　　夏天过去的时候，花也少了，每日里异常寂寞。她时常想起在家乡太湖之畔的日子，可是她出不去紫禁城，更回不了家，每每月出时她就对月伤怀。秋风凉的时候，她生病了。

　　有一天，万历皇帝忽然想起，好久没看到那个忧郁的叫小雪的贤嫔了，便来找她。小雪躺在床上，望着窗外秋风吹动乌桕树的叶子，听到宫女禀告万岁爷驾到，慌忙起身穿戴，还没有收拾好，万岁爷就到跟前了。

　　小雪慌忙跪倒在地，万历皇帝看到小雪苍白而美丽的脸上满是忧郁，便拉起她，问："贤嫔在宫里不开心吗？"

　　"陛下，臣妾只是偶感风寒，没有不开心！"小雪有气无力却强打精神回道。

　　香炉里的熏香缓缓散发着香气，秋日的阳光一点一点移至廊下。

　　小雪觉得需要说点什么，就轻轻开口："昨夜圆月出来了，我在月亮上看到无锡城了……"

　　"是吗？"万历皇帝笑了，"月亮上不是月宫，却是无锡城？"

　　"还有大湖，上面还有大船……很奇异的景象。"小雪继续说。她不敢说想家，离家前，娘对她说了，来到皇宫的女子，不能说想家。

　　万历皇帝微笑着，听她讲月中所见。她一口气讲了很多从小到大在无锡城的见闻，说到南朝四百八十寺，其中最有名的南禅寺，说到马蹄酥和梅花糕……那些无锡美味的小吃。说着说着，小雪忘了眼前的男人是皇帝了，而万历皇帝看着她，听着她说话，竟入了迷。

　　皇帝被太监提醒该去看望太后了，这才起身，他望了望这座小院子，说："你这里虽然地方不大，却还可以再修整一下！"

　　小雪不明白万岁爷说的话是什么意思，只是定定地望着万岁爷远去。

　　过几日，万岁爷待小雪身体好些后，便派人接小雪暂时住在另一座院子里。

　　然后命人拉来太湖石，在小雪院子东南角挖了一个大水池，摆上太湖石……

在一个落叶翻飞的早上，当小雪被万岁爷拉着手来到这座小院子时，她被眼前的景象惊呆了：院子东南角有一座太湖石做的假山，石上有小亭子、有花草、有陶瓷做的钓鱼翁，池子里蓄了一尺多深的水，养了数十条红鲤鱼，并种上了睡莲。虽然现在已过了季节，但可以想象到夏天的那番景象。

"看看，喜欢吗？有没有你家乡的感觉？"万岁爷笑着问她。

小雪终于明白了，这是万岁爷给她造的江南风光，她知道一个皇帝能够如此用心待一个嫔妃是多么难得，便连忙跪下谢恩，说："万岁爷莫非也看到过月亮上的无锡城，简直一模一样。"

"朕知道你是想家了……"万历皇帝微笑着对小雪说。

"臣妾没有想家！"小雪忙说。

"呵呵，想家没什么，这里以后就是你的家！"万历皇帝说。

"是，臣妾知道！这里就是臣妾的家！"小雪心头一热。

其实，万历皇帝为小雪造的假山，一点都不像无锡城里的，跟小雪家里的也没有一点儿相似之处。可是，小雪却从万历皇帝的这个行为中感受到了一个男人的爱意，从此之后她再也没有想过家。

桃之夭夭

砰的一声，防盗门被戴丽丽从外面狠狠地关上。拿着手机打游戏的刘平凡终于从沙发上坐了起来，心里嘀咕道：看来戴丽丽是真生气了！

果然，中午饭没有回来做，晚饭没有回来做，天黑了连个电话也没有，也不发朋友圈。往常戴丽丽生气都会发朋友圈秀恩爱，发两个人的合影。刘平凡知道戴丽丽的习惯，生小气发朋友圈，生大气则一图不发。

很有可能自己已经被戴丽丽拉黑了。刘平凡赶紧查看，果然已被拉黑。刘平凡想了想，打电话给老丈人，戴丽丽果然在那里。刘平凡放心了，不用担心戴丽丽被拐卖，就安心打游戏，找点零食吃个半饱。

第二天是周日，一早，刘平凡觉得不去接戴丽丽不合适，毕竟老丈人家还有小舅子。小舅子刚刚结婚，万一人家嫌弃自己媳妇呢？刘平凡眼前浮现媳妇在老丈人家拖地、洗碗、做饭的忧伤画面，耳边隐隐还听到二胡声。刘平凡顿时心疼起戴丽丽来，他穿好西服和皮鞋，梳了个大奔头，骑着戴丽丽没有骑走的电动车，直奔城西老丈人家。远远看到一树桃花正艳的院子，就到老丈人家了。

正在院子里给桃树浇水的老丈人看到刘平凡来了，表情很复杂，不知是高兴还是不高兴。刘平凡也不管老丈人高兴不高兴，直接就问："爸，丽丽呢，我带她回去！"

可能是因为刘平凡如此直接，也不向丽丽道歉，也不解释一句，老丈人很来气，放下喷壶，坐在桃树下的石凳上，招呼刘平凡过来，说："平凡，坐！"刘平凡一看，此处除了老丈人坐着的石凳，就只能坐地上了——虽然地上有几瓣刚落下的桃花——就算是皇上赐座也得有座呀，就没坐。

"平凡啊，有些话，我不得不说说了。"老丈人也不管刘平凡坐下了没有，只管说起来，"你看啊，丽丽嫁给你两年了，当时我是不同意，毕竟，你没有按照要求付彩礼钱。彩礼钱是一个男人对自己要迎娶的女人的诚意，并不是其他意思。我们的要求也不过分，五万块，没其他要求，一没要车二没要房，就你家那两间平房，我们就同意了，够惊喜了吧。而且我承诺这五万块会给丽丽，可你当时居然好意思说没钱，先欠着。好，欠着就欠着吧，感情的事，婚姻大事，我也看得很开，能不耽误就不耽误，万一整出个梁山伯、祝英台的悲剧，我不是成了千古罪人？所以我就不再过问，就由着你把丽丽娶走了！

"那么结婚后，你们的日子也过得顺了起来，我们看着也高兴啊。你去年可能想起没给彩礼的事，也觉得过意不去了，就吹牛说今年给我们老两口买辆老年代步车。我当时还觉得你挺懂事，挺靠谱。说实在的，我们也不想花你的钱，我们有退休工资，你有这份心，我们很高兴。可是你说了一年，也没见买车的动静，是不是真的只是嘴上说说？不过我并不计较这些，只要你们小两口过得好就行……

"可是，现在你却敢惹丽丽生气，逼她跑回娘家。她嘴上啥都没说，但我知道有事，不然不会跑回来。可你还能安心睡大觉，是不是觉得没花钱娶的媳妇不用珍惜？我看咱们得从头算算账了，从彩礼说起，当初你说先欠着，现在两年了，按今年最低的利息，就连本带利还了吧！"

刘平凡一声不吭，老丈人一口气说了这么多。说完，定定地望着刘平凡。几瓣桃花轻轻落下。刘平凡不知该说什么，他心中有一种"今天不掏钱这媳妇是带不走了"的预感。

老丈人一句话都没说错，句句都是事实。刘平凡说过先欠着彩礼钱，也说过给老丈人买老年代步车，可他都没有做到！这会儿，刘平凡恨不得找个地缝儿钻进去。

老丈人冲着坐在屋里的戴丽丽说："闺女，刘平凡欠着咱们家彩礼钱和车呢，这次不拿钱，咱可不能像当年那样轻易跟他走了。"又转头对刘平凡说，"今天，彩礼或者车，至少要兑现一样，丽丽才能跟你走。"

刘平凡垂头丧气，居然不再挑剔有没有板凳，按照老丈人的意思，坐到地上了。

　　戴丽丽忽然就从屋里出来了，她抹着眼泪，拉起刘平凡往外走，站在大门口对父亲说："爸，俺家可不欠您家什么钱，更没有答应给您老买车，您可别听错了记错了，啥时刘平凡能说出这话？你觉得他能说这话？绝对不可能。"

　　戴丽丽走到刘平凡骑来的电动车旁，使眼色努嘴巴，催促他赶紧走："你要是不走，我可就走了！"

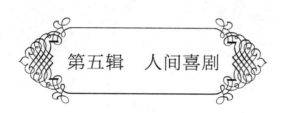

第五辑　人间喜剧

候车室

那个男人一走进候车室，我便盯上他了——他没有普通旅客的那种兴奋或疲惫，他面无表情地提着一个不鼓也不瘪的旧旅行包，最关键的是他找了一个座位坐下来后，目光开始四下打量。候车室里的人大都在忙着各自的事：或看孩子，或激烈地讨论行程，当然大多数人都在低头玩手机，没有人四下打量。

作为一个反扒能手，我一直秉承的原则是防患于未然，一叶落而知天下秋。任何不正常的现象都逃不过我的法眼。现在这个男人还在四下看人，他左边是个妙龄少女，正低头玩手机，精致的坤包被这个男人打量了很久，而且这个男人还认真地看了看这个少女俊俏的脸蛋。然后他又把目光移向坐在他右边的商务男。商务男正在手机上忙碌着，一会儿面露微笑，一会儿对着手机做个鬼脸，看样子很投入。看了一会儿，这个可疑的人又把目光移向坐在对面打瞌睡的老头，显然老头手边的黑帆布包不是他的目标，但老头敞开的皮袄以及里面的蓝色中山装被他打量了许久。

这时，这个可疑的男人站起来，他要行动了吧？难道他瞅准下手对象了吗？我深吸了口气，等待着。但他只是伸了个懒腰，便又坐了下来，无所事事地坐着，既不看手机也不打瞌睡，只是慌乱地观察周围那些无辜的人，从他那既不体面也不破旧毫无特色的衣着上，可以看出他出门旅行既不是探亲也不是谈买卖，且一个人出门游山玩水的可能性不大，所以他八成是个专业扒手。最近车站内外发生好几起失窃案，犯罪分子一直逍遥法外。现在我确定我发现了他，我一定不会放过他。

候车室里的人大都安安分分地忙碌着，除了结伴出行的偶尔谈笑风生外，那些单独出行的人都在玩手机，没有人像这个家伙一样无所事事，作为专业反扒能手，我在这里要告诉大家：这样的人最可疑！

可能他看到我的同事小刘穿着警服走来走去，所以一直没有下手，我不能再等了，火车马上就要来了，绝不能让他从我这里溜走。

我从监控室里走了出来，先故意查看了其他几个男人的身份证，然后漫不经心地来到他面前："身份证看一下。"

他警惕地瞥了我一眼，掏出身份证，我用机器查询了一下，没有问题，不是逃犯。"出门干什么？"我问。"玩儿。"这是我第一次听到他开口讲话，一口纯正的北方口音。"玩儿？"我一惊。"没什么具体的事儿吗？""没有！""你是干什么的？就是说靠什么为生?"我直截了当地问。"我……"他居然不知如何答了。哈哈，山穷水尽了吧！"包里是什么?""哦……是吃的。"他犹犹豫豫。我让他打开看看，他照做了。我很泄气——果然是吃的。

这时，同事小刘抓住了一个小偷，整个候车室沸腾了起来。我在离开这个可疑的男人之前，又问了一句："知道我为什么盘查你吗?"他摇摇头，脸上满是困惑。

"因为你在既不打瞌睡也不与人聊天的情况下居然不玩手机……"

（原载《焦作晚报》2014 年 10 月 26 日）

捉妖记

光寿幼年的时候，得了一场大病，足足睡了七天七夜。这七天七夜里他一会儿发热，一会儿发冷；一会儿脸色赤红，一会儿脸色苍白；一会儿在梦中大喊一声，一会儿又呻唤几声。来了好几个大夫会诊，一惊一乍地围着看了半天，都叹口气摇摇头走了。只有奶奶一直焦急地守在他身旁。

当他醒来的时候，是个阴雨绵绵的黄昏，窗外有一只猫头鹰在叫，奶奶鼻涕一把泪一把地找扫帚，要赶走猫头鹰，可是她拿到扫帚，却寻不到猫头鹰。猫头鹰一直叫，一直叫，奶奶急得团团转，只得安慰光寿："别怕，可能是下雨，这劳什子没地方躲。"

"奶奶，我想喝鸡汤。"光寿轻声说。

奶奶大喜，她知道孙儿的病是要好了，赶紧去鸡窝里捉了一只老母鸡，麻利地扭断鸡脖子，很快一碗香喷喷的祖母牌鸡汤就端过来了。光寿喝了鸡汤后，感慨不已，说世界上最抚慰心灵的就是鸡汤和文章了！碗大的字不识一锅的奶奶听说自己做的鸡汤能和文章相提并论，受宠若惊！

光寿果然恢复了健康，但从此变得安静了许多，不是看书就是喝鸡汤。常常是他看着书，奶奶在一边熬着鸡汤，岁月静好莫过于此。

转眼间光寿就十四岁了，爹娘始终不知去向，他问奶奶好几次得不到消息后，就再也不问了。

有一天，邻居老太太过来和奶奶闲话桑麻，低声说起家里闹鬼的事情，光寿听见了，说："此鬼其实我早已知晓，但您不说，我也不好给您捉走，万一您喜欢呢？"邻居老太太说："哎呀，还喜欢呢，吓死人了天天……"

奶奶以为光寿小孩子吹牛，只是笑笑，但光寿却不知从哪里拿出来一个小铜镜，说："咱们去看看吧！"

邻居老太太哪里信光寿，不过自己家，还是要回的，就带着光寿来到自家院子的谷仓外，低声说："是这里……"

谁知光寿手里铜镜突然大放光芒，如霹雳闪电，登时一只红狐从谷仓里蹿了出来，到柴门外吐血而亡。

奶奶和邻居老太太顿时将光寿奉若神明，邻居老太太拿出一碗平日舍不得吃的金丝桂花蜜枣让光寿和奶奶吃，数落着红狐的种种劣迹："偷吃鸡窝里的鸡，有一次半夜还变成个女人坐在大门口哭，穿得绫罗绸缎，一看就不是村子里的良家妇女……"

邻居老太太逢人便说光寿会捉妖，村里人就都知道了。

于是村长便有些信了，想请光寿除去村子里的心腹之患：

老怪树之魅！

　　那是村头废弃的打麦场，有一棵老槐树，三年前人们还能在那里聚集，谈古说今。可是，自从老赵头有一天无缘无故在老槐树下大喊一声："不好！"随即就吐血而亡，之后，没有人再敢去那里。人们都说老赵头看见树上有什么不干净的东西了，死时眼睛里充满了惊恐。

　　一个外地人不知就里，走了长路，累了，就坐在老槐树下歇歇，谁知刚坐下就大叫一声死了。从此，老槐树就成了老怪树。人们远远地看见那里落满了死鸟。

　　村长让光寿去捉老怪树上的妖，光寿奶奶当然不答应："那不是送死吗？"

　　"不用怕，奶奶你熬好鸡汤等我，我去去就回！"光寿胸有成竹的样子让奶奶打消了疑虑。

　　时值盛夏，老槐树枝繁叶茂，枝叶间仿佛一直有风在回旋，远远望去深不可测。光寿用小铜镜照槐树，只听吱吱有声，也没有看到烟雾和火光，但老槐树的叶子都枯了黄了，散发出被火烧过的味道。不一会儿，枝繁叶茂的大树就只剩下稀疏的枝条了，人们惊恐地看到，在树杈间，有一条七八丈长的大黑蛇，悬挂着，显然已经死了。

　　光寿回到家，奶奶的鸡汤刚刚熬好。

　　因为有巨蛇做证，十里八乡都知道光寿是捉妖高手，有什么妖邪都来请他，而他，只要手头没什么事，基本上不会拒绝！

终于，此事惊动了晋王，他把光寿召进王宫，问："小伙子，那些事都是真的？"

"我不知道大王都知道些什么事！"光寿严谨地回道。

"就是那些事……"晋王始终不明言，似有顾虑。

光寿当然明白晋王说的是什么事，但他不能先说，否则有吹牛之嫌。

晋王让光寿凑近些，又压低声音，屡次看门外及王座背后，说："此殿中有哥未……"

"有哥未？"光寿没懂。

"你品，你细品……"晋王看光寿实在猜不到，就豁出去了，低声说，"三更时分，这里常有红衣数人，不知男女，披发，不见面目，走路无声，绕柱而行。能不能……"晋王一挑眉毛。光寿明白了，哥未就是鬼！晋王要他灭鬼！

"小事，好说！"光寿笑道。

晋王也笑了，与之约定："那就今天半夜……"

光寿点点头。

晋王派人送光寿回去歇息，又命五个心腹宫人过来，交代他们半夜如何如何，原来是要捉弄光寿！几个人还在晋王的指导下当场排练起来。

夜半，快三更时光寿来到大殿，他缩在一个暗影角落里。晋王要跟着来，被他拒绝了。

于是晋王带了随从，躲在不远处。

三更时，光寿听见几声很瘆人的哭声。他一刻也没有眨眼，却没看清楚那几个红衣鬼是从哪里出来的。他看见那几个红衣鬼绕柱而行，便抓住时机，拿起铜镜，一扫而过，那几个红衣鬼纷纷倒地，抽搐几下气绝。

光寿上前查看，晋王也赶了过来，他看到倒在地上的红衣鬼魅，面部全成为黑灰，便难过地对光寿说："这几个不是鬼魅，都是宫中之人，我本想试试你的手段……"

"不，大王，你要试我的事情我知道，但这些是真的鬼魅，不信，大王可去后花园，那五个宫人应该还在那里！"

晋王派人去后花园，果然看到那五个穿着红衣的宫人晕倒在地。

"那么这些……"晋王指着地上的鬼魅。

"大王虽然在试探鄙人，可是，这些个鬼魅却是真的，今番除去的是大王心中的鬼魅！"光寿说道！

买房

　　我一出现在巴黎城售楼部门口，几个花枝招展的售楼小姐就拥上来了。我一下子发现我今天忘了一件大事——什么都考虑到了，就是忘了穿增高鞋。由于巴黎城属本城最高档楼盘，所选售楼小姐也都体现了"三高"——高学历、高个子、高鼻梁。和她们站一块儿，实在很有压力感。

　　我看见个稍文静点儿的姑娘，对她一笑，示意她过来，她便快步走过来，自我介绍道："我叫贾文静，很高兴为您服务。"其他人便都散开了。

　　首先，我对她说："你只管把最好的户型介绍过来，价钱贵不要紧。"她一听很振奋，说："最好的是三层的复式楼，只剩两栋，您看看吧。"

　　两人坐着看房车，来到竣工的豪宅面前，在寸土寸金的市中心，居然有如此宽敞、从容的住宅，花木扶疏，要不是阴天，阳光也一定无可挑剔。现在就剩东边和西边那两栋，专等我这样的稀客前来购买。

我想了想，看东边的那座吧，贾文静便引我进入豪宅，虽然没有装修，但从格局上可以看出档次，也可以想象出来装修之后的样子。"虽然我们这里是中等城市，但这样一栋房子买下来再装修出来也要上千万了。"贾文静似乎想用激将法促使我早点拍板儿，我知道她是有些小瞧我了，至少怕我犹豫吧。

"你是说我买不起这栋房子？"我微笑地望着她。

"大哥，我真不是这意思。"她有些慌了。看得出来，她不是太有经验。

"晚上一起吃个饭，好吗？我想好好听听你对这栋楼的介绍。"我知道她一定会推辞一下的。果然，她笑了一下，说："今天不行。"她似乎明白我的不轨之心，我懂她在想什么。于是我说："那明天怎么样，贾小姐不会天天都不行吧！"

"你真打算买这栋房子吗？"她认真地看着我，仿佛在问我是不是爱她这样终极的问题。这时春天的风轻轻吹过来，我忘了有那么一句老话："不要在春天买房，你很容易被春风吹乱了眼睛和心灵！"

我望着她期盼的双眸，仿佛要进行爱的宣言；我又看了看四周怡人的环境，不远处的湖水波光粼粼。我想，买这栋房，也不算太大的问题，关键是，我还没有结婚，用得着这么大的房子吗？我把这个想法对她简单说了一下。

"那么，你是不打算买了？"她显出了失望。

"那要看，有没有必要。"我知道接下来的话题是实质性的试探了。

她应该很机灵，反应很快，她说："好吧，今晚上我把另一个饭局推了，向你好好介绍一下这栋楼。"

今晚上我其实有很重要的事情要做，刚才不过是虚让她一下，因为明知她不会因为我请一遍而答应的，但现在她居然又同意了。我端详着她的脸，是的，是我喜欢的气质。我很高兴她能够同意，但我今天晚上真的有很重要的事情，我刚才不过是随口说说，现在我只得告诉她："嗯，房子，我会买的；饭，明天吃吧，你也别推另一个饭局了，我现在得去办一件很重要的事儿。"

我转了两次公交车，回到家，已是晚上了，是的，我住在离城里很远的郊区。我匆匆给自己泡了桶方便面，一边吃一边打开电视。现在，就等那庄严的开奖了，我颤抖着摸出了我那张复式投注的彩票……

（原载《喜剧世界》2014 年第 12 期）

赵知府买房记

　　赵知府最近手头颇紧，因为在那暖洋洋的五月，他把第九房姨太太娶进了门，花了上千两银子，致使赵知府一时囊空。可他慧眼识珠，又看上了一妙龄女子——绣坊的莲莲，欲迎娶之，这是很没有办法的事情，谁让他这么有眼光呢？莲莲每天待在绣坊，并不见男人，赵知府却能够发现她，可见好的父母官是不会让金子埋在土里的！

　　赵知府一向不存钱，于是向妹夫李鱼借钱。李鱼是个什么生意都做的生意人，十分善于把握机会，又一向善于出谋划策。他眼珠子转了几转后，对大舅哥说："你看，眼下能解决问题的办法，就是买一所房子。"

　　"我可没钱了，还买什么房子？"赵知府听后连连摇头摆手，"我现在是想办法弄钱，而不是花钱！"

　　"大哥，你有所不知，现在房子涨势喜人，不出一年，就能翻倍啊！"李鱼说得跟真的似的。是啊，知府大人每天忙于发现佳人，哪里了解经济呢？

"可是我没有钱投啊！你也知道，我是个清官。"赵知府发了愁，"况且我现在等不及了。"是啊，莲莲如果嫁了别人就什么都迟了。

李鱼殷勤地说："不劳大哥费心，我自有办法！"赵知府疑惑地望着他。

这天，李鱼来到大财主西门家，问："听说你要卖一套大宅子？"

西门正在为什么大事头痛，一见是知府的妹夫，忙拉至内室，说："兄弟正为一件大事烦心，手头缺钱，而房产颇多，想卖一套。"

"是哪个地方的房子？"李鱼问。

"城中心黄金地段，府前广场，翠花酸菜大酒楼。"西门说。

"索价几何？"李鱼望着西门的大脑袋。

"纹银两千两！"西门一咬牙。

"便宜点吧，看在知府的面子上，便宜点吧！你知道吗，我买你这房子，是为了让知府大人有个喝茶的地方。"李鱼跟西门套近乎。

西门却似乎不看知府的面子，说："现在什么都在涨，你再迟些，我都三千卖出去了。"

李鱼一看没有办法，一咬牙，同意两千纹银，双方找来公证人（都是有头有脸的人），李鱼和西门当场签了契书，一式三份，双方及中间人都在上面签字，按手印。李鱼付了一千两定金，说好了第十日付剩下的一千两。

李鱼一走，西门第二天就把翠花酸菜大酒楼卖给了古玩富商老孔。原来西门早就答应了老孔。

李鱼大怒，一纸诉状，递到知府大人手中。知府立刻开堂审案，传来西门，又将那日做公证的那帮有头有脸的举人、进士都邀了来。

赵知府铁面无私，一拍惊堂木，问西门："西门，你可知罪？"说话间就要打板子。

西门是个有眼力见儿的，并不吃眼前亏，忙说："大人手下留情，小人性命如纸糊般脆弱，一板子下去就死了。人死不能复生，容小人解释，小人明白，是小人错了，小人情愿退了那一千两白银。"说着汗如雨下。

李鱼拿着当日所签契书，说："难道仅仅退了定金就可以吗？契书上写得明明白白，如有违约，除了退还定金，还要赔付买家定金双倍也就是两千两白银，以示惩罚。"并让那日做公证的那帮有头有脸的举人、进士都做证。那些人都连连称是，并嘟囔说什么西门唯利是图，不愧为西门庆的后人……反正什么难听的话都说出来了。

西门昏倒在大堂之上。

赵知府义正词严地叹了口气："本官最恨出尔反尔的小人，早知今日，何必当初啊！一女许两夫，亏你想得出来。"

转天，西门就把两千两违约金送到李鱼手中，还感激涕零。

　　李鱼对西门说："放心，令郎的案子已有人顶包了，不日令郎便可自由，那天你在大堂上装昏装得可真像啊！"

　　金风送爽的九月，知府大人将十姨太莲莲娶进门。可他又看上了江南第一美女柳如此。他想，一个人审美能力高，的确是一件很没有办法的事情，为了凑齐十二生肖女，该再让妹夫买套房了。

东坡买房

　　"爹，我要和芳芳结婚。她家一定要咱们在京城开封办婚事，还说最好买套靠近马车车站的房子！"苏迈愁眉苦脸地对父亲东坡先生说。

　　东坡先生正在喝茶，听后，一口茶喷了出来，喷了儿子一脸。他咳嗽了两声，说："你确定这不是你的意思？"他坐在离京城三百里远的一座小县城的家中。

　　儿子苏迈一脸委屈："爹，我也知道您最近时运不济，可是，我和芳芳情投意合，没有她我一天也活不下去啊，您总不忍心拆散我俩吧！"

　　"在京城办婚事倒不是问题。"东坡先生又喝口茶，"我有几个文艺界的朋友，还有婚庆公司的熟人。只是若要买房，虽不能说她家要求多么过分，可是你也知道，京城房价九连涨，还有外国人来凑热闹，我们买不起啊！"

　　儿子一听，又犯起愁来："当初不把爷爷的房子卖掉就好了！"

东坡不禁也点了点头，长叹一声："是啊——现在升值太厉害了。"

"爹，您去年出的那套文集，该卖了不少吧，要不您催催稿费？"儿子出主意道。

东坡又长叹一声："你有所不知，去年我那文集只卖出一套。"

儿子诧异："不对啊，街上到处都是您的文集啊！"

"那些都是盗版的，你知道我那一套卖给谁了？就是那个盗版的买去了。"

"您可以告他，和他打官司。"儿子急道。

"没用，据说那人有个很硬的后台。"东坡小声说，"姓赵。"儿子顿时变了脸色。

"那您放在钱庄里的钱，总不会少吧。"儿子又动起心思。

"别提了，当初为了吃点高利息，可没想到钱庄老板涉嫌非法集资，早已携款潜逃了，我如果没猜错，他这会儿已跑到高丽了。"东坡先生又要喝茶，一看，早已无水。

儿子闻言，不再说什么，在屋子里东找西找，东坡先生说："别找了，没钱。"

"我不找钱，我找绳子！"儿子说。

"你找绳子干什么？"东坡先生警觉起来，又看看门前的歪脖树。

"爹，您想哪去了？我找绳子，是为了砍树，把门前几棵树砍了卖几个钱。"儿子说。

"别找了，我们现在就去京城！"东坡先生似乎下了决心。

"爹，我就知道你有钱！"儿子兴奋道。

东坡先生不语，收拾了一下，两人便出门，搭上了去开封的马车。

第二天傍晚，两人来到京城开封，在一所宅子前马车停了下来。

"这不是范伯伯府上吗？"儿子道。东坡先生已去打门。门房开门，一看是东坡先生，也不用回主人，便让二人进去了。

老乡范镇一听东坡先生来了，高兴得吐了嘴里的鸡脯肉，拉着苏迈的手说："长这么大了，媳妇没有？"

"正为此事而来！"东坡道，"范兄，你我同乡，我也不转弯抹角了，我要买房！"

"坡公发财了？"范镇大喜。

"没。"东坡一脸尴尬，"还是老样子，想向你借上万儿八千贯的！"东坡笑眯眯地看着范镇。

范镇一下子就愣了，端起小米粥喝了两口道："坡公，自从我退下来后，没有人送礼，差旅费也无处报销，连饭都是吃的自己的，花销很大，没攒上几个钱。帮不了你啊！"

"可是，买不了房，孩子娶不上媳妇儿！"东坡先生说，"女方一定要在京城办婚事，一定要我们买个有马车车站的房子。"

范镇是个实在人，凝眉三思，终于说："这么说，我这所房子很符合条件喽!"

"对,黄金地段,出门就有马车车站。"苏迈道。

"你出什么价吧,自己人,我可以便宜卖给你!"范镇对东坡先生说。

"啊,我可买不起。"东坡先生吓了一跳。

一时间很静,只听到范镇喝粥的声音。

还是东坡先生打破了沉默,说:"范兄,你看,你一家老小都在乡下,你和老仆两人,住这么大宅子,不如让犬子在这儿结婚,你们也好有个伴儿不是?"

"你——"范镇一急,"亏你想得出,说实话,我正打算卖了这宅子,你们住了,我怎么卖?"

"先借上一段时间,等我们想到其他办法,就搬出去。"东坡求道。

"不行啊!"范镇仍不同意,东坡便开始在屋子里四处找东西。

"你找什么?"范镇警惕地问道。

"找绳子!"

"好吧,你赢了。"

祛疾传

　　杨柳吐穗的时节，半坡居士和仆人老曹出了一趟远门，跟随的还有几个年轻仆人。半坡居士和老曹是好朋友，两个人非常谈得来，于是半坡居士让老曹和自己共乘一辆马拉的大轿子车，一路有说有笑，倒也开心。两个人是初夏石榴花开时回到家的，回来后两个人都病倒了，病症一模一样，都是腹痛，痛得出豆大的汗，但跟着一起去的几个年轻仆人却没有一点事。

　　有人说是外面太辛苦，毕竟出门在外，再舒服也不抵在家。可他们自己说，并不辛苦，马拉的轿车，每天只走一个时辰，其余时间两个人就在茶馆喝茶，在酒楼吃酒，吃的东西也可口，且并未感染风寒。说的也是，半坡居士富甲一方，出门和在家并无多大不同。他并不是不经常出门的人，他出门是说走就走，很平常。

　　家人觉得蹊跷，请了好几位城中名医会诊，一众名医均表示看不懂此症，两人脉象正常，探其腹部也无异常，无块垒之物，且既不腹泻，又不便秘，饮食也一切正常，就是每天早晚各一次，腹痛难忍。名医们无可奈何，半坡居士家人只得日日祷告。

半坡居士年富力强，倒挺住了，但每日早晚的腹痛还是按时到来。仆人老曹年事已高，平素身体倒挺好，但这次没能顶住，一病不起。一个雷电交加之夜，老曹大叫一声，然后就喊不出来了，喉咙好像被什么卡住了。老曹老伴急忙帮老曹拍背，老曹用尽力气，咳出一个硬邦邦的东西，老伴借着烛光看去，却是一只通体白色的乌龟，老曹随即痛苦不堪，嘴角流血而亡。

半坡居士看到那只白色乌龟，倒吸一口凉气，他怀疑自己腹中是不是也有这样一只白色乌龟？这样想着，半坡居士就感觉自己腹中真的有白色乌龟，还能感到那乌龟的大小、在什么位置，他觉得自己腹中的乌龟还不算大。半坡居士认为一定要趁早解决这只乌龟，不能等最后像老曹那样养大了乌龟，丢了性命。

为什么会是这样一只乌龟？半坡居士一直在思索这个问题。他回想着这次出远门，一路上没有胡吃过什么奇怪的东西，更没有接触过乌龟，就连河边湖边也没有去过，为什么会是一只白色的乌龟？半坡居士百思不得其解。

如果有办法使这白龟死掉，就能治好自己的病？半坡居士开始想办法，他让人去黑市上买来鹤顶红，拿肉裹住，喂给白龟。白龟吃了，却还想吃，跟着人要，拿纯肉喂它，它嚼了两口，竟吐了。半坡居士怀疑黑市毒药有假，就去药房买砒霜，肉裹了喂白龟。白龟吃得津津有味，自此宁肯饿着，再不吃纯肉。

看来此物嗜毒，愈毒愈健壮。这反而让人不知如何下手了。不过半坡居士也想到了，如果这白龟让砒霜或鹤顶红毒死了，自己难道也要吞下砒霜或鹤顶红？那样自己岂不是也完了？半坡居士头痛欲裂，一点儿办法没有了。

日日晨昏腹痛依然，难不成就这样等死？所有的中草药也都继续在试，但无一能制服这白龟。半坡居士在这恐惧的煎熬中，竟一日日瘦了下去。家里人也急得团团转。以至于在大街小巷贴了启事，谁有治白龟奇方，可以一试，如能以柔和药物灭了此龟，则酬以千金。

于是半坡居士家中来人络绎不绝，要提前三天预约才能一试身手。半坡居士与来人规定，不可以硬物和剧毒伤害白龟——毕竟自己是在寻求解药，而解药是要自己服下去的。每个人都带来了偏方，白龟有的吃下去了，有的不予理睬。有的吓唬白龟，有的和白龟谈心，企图发现其弱点。还有人来了多次，说和白龟已经谈得差不多了，就差它良心发现了。半坡居士有时候听到后会笑，有时候又会长长地叹息。

奇人刘自称是来数落白龟的，他上知天文下知地理中间懂动物心理学，来了三次了，每次都骑着一头灰毛驴，管家让他把毛驴拴在院外，他不同意，说驴容易丢，管家不依，但半坡居士同意了，说数落白龟要紧，不能让刘先生心里不安生。

奇人刘第四次来的时候，骑了一匹白马，他说毛驴丢了，在数落一只松鼠的时候，一时疏忽……

所以这次他一定要把白马拴在自己面前，然后开始喋喋不休地数落白龟，被拴在院子石凳下的白龟仿佛很受用，一点儿也不觉得难过。不远处的白马毫无征兆地尿了，滋在石板地上，溅到石凳这边。半坡居士虽然能容忍白马拴在身边，却不能容忍白马滋尿，还那么猛。他正要发脾气，却瞥见白龟闻到马尿味，身上也落了一滴马尿，吓得赶紧缩了头，躲在壳里，还急急忙忙寻找躲藏的地方。半坡居士在一边看着，白龟壳上溅到马尿的地方竟冒了烟，成了小坑。

半坡居士高兴地说，我的病有治了，快喂白马喝水，又取做饭的铁锅备用。

白马喝了不少水，不久又尿了，全部被半坡居士用铁锅接住。半坡居士命人舀了一瓢马尿浇在白龟身上，那白龟挣扎了几下，就融化成一摊水。

半坡居士笑着对奇人刘说，白龟没有被你数落死，却被马尿浇化了！我的病有治了。

奇人刘说，还是居士观察入微，自己找到了药。

半坡居士赶忙把剩下的半锅马尿喝了下去，怪疾果然好了。

晚春的白日梦

或许，一开始就是个阴谋？

时至今日，我常常会想起那个莫名其妙的晚春下午。我从一个长长的白日梦里醒来，蔷薇花架上的阳光正被风吹得一摇一晃。我望着蔷薇架，发了一会儿呆，拿起手机，看到有六十六个未接电话，都是丹丹在我睡着的时候打过来的。最近的一个是半小时前，前面每一个电话时差为五分钟，也就是说，丹丹从六个小时前开始给我打电话，一直打到六十六个吉祥数字，才停止！

有什么急事？我忙回拨了过去，却被告知对方已关机。

微信上，一句留言也没有，能打那么多电话，为什么就不能留个言？

我飞速收拾好，出门，奔向丹丹所在的小城，距离我这里也就一个小时的车程。

我找到丹丹的时候，她并没有生气，只是一副等急了的样子，对我说，明天就是你生日了，我们要过得有意义一些。

我说，怎么样才有意义？她说，不如我们去登记结婚吧，算是我给你的生日礼物！

可是我都还没有求婚呢！我既惊喜又有点受之有愧，这礼物实在是太大了。

那你以后可要对我好点！她笑着说，那笑容有一丝说不上来的诡异。

第二天，我们就登了记，买了蛋糕和红酒，甜甜蜜蜜地庆祝。

我向哥们儿炫耀了很久：你们谁生日能得此大礼？

偌大的汽车修理厂，无人有此先例。

结婚后，平静的日子一天天过着。丹丹对我经常出去和哥们儿喝酒很有意见，好几次都阻拦成功。那个周日傍晚，我接到哥们儿的电话，约好了在一个唱起歌剧也不稀奇的景区喝酒，我想着找什么理由出去，说实在的，真不想硬来，毕竟刚刚结婚，还是要照顾一下媳妇的情绪。

我难过地对丹丹说出和哥们儿串通好的台词：一哥们儿的媳妇跑了，要跳楼，大家一致推举婚姻幸福的我去劝劝。媳妇看我如此说，很意外地一口答应了，并善解人意地说，那你一会儿就去吧。咱们家衣柜上的灯不亮了，你看是等你先换好再去还是我先将就摸黑一晚上？我当然不忍心等回来再换，人家同意咱出去，咱不能再让人家晚上摸黑，换个灯泡，一分钟搞定的事。

我搬来梯子，爬上两米五高的衣柜，躺着在上面换了灯泡，正要下来，却发现梯子不见了，扶梯子的媳妇也不见了。正打算心一横跳下来，跳之前，随便瞅了一眼地上，却看到地上亮晶晶的撒满了图钉……

根据多年后的记忆，梯子是在我睡醒之后才搬来的，图钉也是那时才撒的。

后来哥们儿很少喊我喝酒，理由是，兄弟跳楼都不来，这兄弟没法再交了！

我婚前抽烟很厉害，结婚后媳妇以影响健康为由要求我戒烟，无论是数量还是质量，都受到了严厉管控。首先，每天抽烟花销不能超过一天工资的二十分之一，我一天修车赚二百，于是只能抽十块钱的烟，我将就着按照规定执行。她观察了一星期，效用不大，就说不能超过工资的四十分之一。于是本来一天一包烟变成半包，不然就得抽五块钱的，在质量和数量的取舍间，我做出了调整：三天为一个单元，买一包十块钱的，一包五块钱的。五块钱的独处的时候抽，管够，不用节省，十块钱的干活时抽，不丢面子。如果哪几天少抽几根，节省一段时间后，就可以买一包二十来块钱的烟，就可以给哥们儿让烟了，不说多好吧，却也拿得出手。

于是就有了一包二十多块钱的烟，买时抽了一根，放在家里好几天。那天公司聚餐，出门装口袋里，准备和哥们儿一起聊天时抽。聚餐前我们在酒店后花园聊天，我从上衣口袋掏出烟，准备给哥们儿分发。哥们儿手都伸了过来，火机都准备好了，我打开烟盒，却撒出来一地瓜子壳……

　　经此沉重打击，我好多天都没有再抽烟，后来抽烟也都是一个人独处时或夜深人静时在阳台。

　　那个午夜，我一边在阳台上望着远处的灯火一边吞云吐雾，忽然反应过来：我好多年都没有过生日了！

　　如果不是眼前的夜色，我总感觉自己做了个白日梦，很长很长的梦，梦里有晚春的蔷薇，蔷薇架上有晃来晃去的阳光，那个叫丹丹的女孩，一直在给我打电话，而我醒来后，并没有回拨那个电话……

春天开什么花

春天开什么花？

这个念头突然闯入我的脑子里，彼时春光明媚，阁楼打开的窗子投射进春晨那金色的阳光。我拿起一本买了二十年也没顾上看几眼的《夜航船》，斜躺在一把高级藤椅里，想要好好读上一会儿。还没翻开书，不知怎么就想起这个问题。是呀，春天除了那些大名鼎鼎的桃花、梨花、杏花、油菜花，还开些什么花呢？不是说春有百花吗？我得查查春天到底开了些什么花，很羡慕那些对草木了如指掌的人，说起来一套一套的。既然想起来了，那就拿手机搜一下吧，以便回头和人聊天时也能显得懂得挺多的，尤其是那些冷门的花、没听说过的花，能说出几种该多自豪呀！

我拿起放置在距离我坐的高级藤椅 10 米远的大茶台上的手机，刷脸，无效，反复刷，可能由于最近胖了，手机识别不出来，只好输入手势密码，解锁，一大堆软件映入眼帘。我习惯性地点开微信，看看有什么人给我转账或发红包没有。点开发现没有转账或红包，但有一个尊敬地称我为"老师"的陌生人，发给我一篇他写的文章，让我指导。我素不喜为人师，更没有时间帮人看文章，一是没有义务，二是我喜欢看好的文章、经典的文章，以使自己进步。好不容易有点闲暇看一下《夜航船》，现在又让我看这个陌生人的习作，真的不愿意，所以我直接气呼呼地回复："不好意思，我从不给人看文章，真没有时间。"

对方倒也善解人意，发个微笑说理解，然后就不再理睬我了。我本想再客套一下，缓和一下彼此的关系，就发过去一杯茶的图片，却看到一个红色感叹号，还有那行著名的灰色字体："对方开启了好友验证，你还不是他（她）的好友。"我一下子笑了——幸亏我没有看他的文章。

往下看，我又看到一个好哥们儿发给我的语音留言，问我一个宣德炉是真是假，他发了好几张高清照片，完美地展示了他捡的这个漏，香炉底部清晰地刻着"大明宣德年制"，字迹清晰，干净利落，炉身青色泛紫，看上去颇像真品！我平静地问他，这东西你多少钱买的？

他不说具体数字，我们这一行有这规矩，只说出了挺多钱买的。我吓一跳，想着他月收入 8000 元，一个宣德炉上百万元，他是不是把房子卖了？我忙问他现在住哪里，他说还是老地方。我略放心，问他到底出了多少钱，他不说，就是让我说东西真假。我一咬牙，说看照片还是拿不准真假，得到你家看看东西。过了一会儿，他回复说疫情期间，你还是不要来了，再好好看看照片吧。

　　我陷入了沉思，我不能告诉他，他手上的这个宣德炉其实不用当面看，不管怎么看图片，凭我们普通古董爱好者的眼光，是挑不出毛病的，这东西符合一切真品的要素，当然我们更不会相信专家。我唯一能判断的就是，我自己两年前入手了这样一个宣德炉，价钱相当于他一个月的工资，他的宣德炉和我的那个一模一样，属于同一炉做出来的……

　　这时，一个电话打进来了，我接了电话就下楼去拿快递，然后媳妇让帮着择韭菜，我就开始忙忙碌碌帮着做家务，书也没看上一行。等中午吃饺子的时候，我才想起，自己似乎曾想上网搜个什么问题，那个问题好像和美好有关，属于闲情逸致之类。可是，不管我怎么想，也想不起来那是个什么问题了。

（原载《焦作晚报》2020 年 3 月 23 日）

考试记

　　说来也是二十年前的往事了，大三那年下学期，我对学习的态度发生了很大转变，起因是那年春天来得比以往早了一些，枝头的繁花开得比往年多了一些，这直接造成我和隔壁班的美女小虹成了无话不谈的恋人。

　　所以，大三暑假前的期末考试，我心里十分的没底儿。虽然长这么大经历了无数场考试，但这次是最心虚的一次，而同寝室的老汤则在一边扰乱军心地说着"情场得意，考场失意"的浑话。

　　除了照老办法打印了很多随身小抄以外，为了方便，我还在桌子浑身上下以精湛的微雕技艺刻下了很多数学公式、英文单词、历史资料以及古诗文等。那时我们的座位还是固定的，不像现在很多大学都坐无定席。

　　那时我坐在第一排，本着最危险的地方也是最安全的地方之理念，我还在老师的讲桌上对我的方向偷偷刻了不少东西，由于字如蝼蚁，老师很难发现，至于我，也是完全靠自己的视力优势才刻下这些，我得意地等着一考惊人！

可是临考前一刻，大家都进考场了，事情却起了变化！

记得那天是个阴雨绵绵的日子，监考老师一个是男的，穿着短袖，一脸莫名其妙的得意；另一个是女的，穿着长裙，一脸的今天是个好日子的表情！只见男监考老师清了清嗓子说："大家身上装的纸全部都得扔了，不然搜出来各科成绩作废！"闻听此言，我除了可惜自己在校门口打印小抄花的钱，还很是庆幸自己多备了一手：在桌子上不辞辛苦地刻那么多知识，这下子终于派上用场了。谁知我和大家一起掏光内外口袋落座之后，女监考老师狡猾地环视了全班一眼，说："大家把座位换一下，前面的三排调到后面，后面的三排调到前面。"大家闻言，一百二十个不乐意，但两位监考老师冷酷而得意地笑了一下，坚决让大家把座位调了。

我头脑一片空白地来到最后一排，心想：这下完了，得挂科了，抄不成了。

语文卷子发下来了，我一看，几个填空古诗文，不会，答案在我那张桌子的右边桌腿上呢！咋办？只有蒙吧！蒙对一句是一句。横下心，提笔欲蒙，但蒙之前总得想想，便摇头晃脑地想我刻下的那些句子。但当时只在乎微雕技艺，全不关心内容，唉——我长长地叹了口气——咦，这是什么？

我忽地看向自己面前的这张课桌，这是一行粗陋的字："问君能有几多愁，恰似一江春水向东流。"这不正是这个填空需要的句子吗？虽然粗陋，却很实用，我颤抖着手填上了那句诗，再满含激动之情地看向桌子的其他地方：桌面、桌侧面、桌腿……到处都极隐蔽地写满了古诗文、英文单词、数学公式……再看我左边的教室后门，上面繁星似的写满了象形文字，虽然字体极不工整，完全不能和我的微雕技艺相提并论，但依然让人感动得泪眼模糊——这位仁兄可比我用功多了啊！我想起我微雕在桌子上的内容还是太少了，如果不调座位，我一定会吃很大的亏！

毫无悬念，我那一次考试成绩名列前茅，一考惊人！

合影

　　第三天，七宝决定去杨兰的城市见她。他并不打算纠缠，他只是觉得，他们不可以这样就此不再联系，曾经的那些知心话并没有如烟散去，那些朝朝暮暮对着远方天空的微笑并没有消失在云海，一定有些什么，不是时间和空间可以抹杀的。

　　他下了飞机，搭车去她的小区。虽然从未来过这座城市，也不必问路，七宝很老到地告诉司机去御华路的紫薇小区。这条通往杨兰家的路，七宝曾经在电脑上手机上，无数次搜索过查看过。杨兰也经常给他讲哪里有什么商店，那里有卖她最喜欢的泡泡糖；哪里是什么商场，她的黄色裙子就是在那里买的；哪里还有小学，小学的名字七宝也熟悉得如同自己在那里上过学似的；哪里又有一大片芭蕉树……不错，这些他都一一在路上看到了。可是看到那大门以及漂亮的丹书石刻"紫薇小区"时，七宝还很是激动了一下，多么熟悉又陌生的大门，那大门两侧的古希腊女神的雕塑多么熟悉，两棵樱花树多么熟悉——前不久樱花盛开，杨兰在那里拍了太多"明星照"。七宝其实很想和杨兰合影的，他对她说过很多次，她说，你来呀，我们合影。可是他一直没有去。现在，他终于来了，却不承想，竟是如此难过。

七宝下车，看看脚下的柏油路，感慨了一下，这里真好，又抬头看看天空：嗯，一切都那么好。这里是典型的江南小城，处处美景。

到她家窗下站一会儿也好啊！万一她出来了，来个偶遇也不错呢！这样想着，七宝就走进小区。门卫当然要问的，他说他是给杨兰家修电脑的。他知道杨兰的电脑去年修过一次，就想起来这个借口，于是就进去了。

七宝找到杨兰家的那座楼，七宝突然停住呼吸了，他远远地看到杨兰了——凡有杨兰处皆有一种神秘的特殊的气息，他当然很远就能认出她来。杨兰穿着白裙子，和爱人依偎着赏花，一边赏花还一边互相拍照。他们那么甜蜜，那么般配。此刻，七宝似乎觉得这个初夏和他无关。他连往前走一步的勇气都没有了，转身就又上车往机场返。半路上，他看到一家宾馆，他让司机停车，他住了下来。

七宝在这里住了一个星期，一次也没有去找杨兰。

七宝只是想感受和杨兰住在一个城市的感觉。正所谓：我吹着你吹过的风，这算不算相拥？

作为江南名城，这里果然很美，每一条街七宝都在杨兰的朋友圈发的照片里看到过，甚至每一棵树每一朵花他也都认识，这些都曾和她那让他魂牵梦萦的身影联系在一起。他呼吸着她每一天呼吸的空气，走在她每一天都要经过的道路，去她喜欢的小吃店吃饭，去逛她喜欢逛的商场，他独自感受着曾经朝思暮想和她一起去感受的一切。

七宝独自来到那座园林，那是杨兰曾经说过的想带他一起去的园林，江南特色园林。他心里特别忧伤：要不是自己说了那句让杨兰伤心的话，现在就不是自己一个人在这里了。两个人好到无话不谈，有时候就难免发生语言事故。七宝深深地后悔自己口不择言，说出了那句让杨兰伤心的话。被杨兰拉黑后，他才真正地感到，远在天边的杨兰，其实一直没有离开她，可这次拉黑后，杨兰不仅不在他身边，也不在天边了。就算自己来到她的城市又如何？他曾经幻想的地老天荒，幻想的很多年以后如何如何就这样灰飞烟灭了。从被杨兰拉黑的那一刻起，七宝就开始过着暗无天日的日子，短短两天就让他真正明白了拉黑的厉害：果然世界黑了下来。

七宝终于飞走了。他没有想过去见杨兰，他觉得自己没有脸见她，说出那句伤人的话，他早就无地自容了，哪里还敢去见她。他决定以后不再和她联系，是他对不起她，伤害了她。

到家，打开手机，他就看到她申请加他好友。

他几乎要赌气不加的，还是同意了。

加上之后，她发给他很多照片。

都是她的照片，很好看！

可是，他放大仔细一看，每一张不远处，都有一个熟悉的人影——那是自己孤单的背影。

饼屋记

想夸一个人你就夸吧，毕竟对于这么苛刻的你来说，很难得！这样想着，省西走到了米皮店。

他对那个大婶笑了笑，说："你做的米皮真好吃！"大婶笑了笑，不用他说，就给他调好了一份放足了辣子的黑米皮，这家的米皮虽然好，但最值钱的却是香味独特的辣子。他端着米皮，一边走一边吃。他看见那个女孩的时候，那个女孩正在擦蛋糕房的玻璃门，门头是两个字"饼屋"，原来这就是新开的蛋糕房啊。

省西吃着黑米皮，望着那个女孩，嗯，的确赏心悦目。

女孩可能发觉有人在看她，扭过头，她看见省西正慌忙用手擦满嘴的红色辣椒油……

省西落荒而逃，一边逃一边想：真不该盯着人家看的。

省西第二天从那里路过时，就加快了脚步。

但，省西有一天还是走进了蛋糕房，为了老妈的生日。

推开玻璃门，迎着诱人的香甜味道，还没看见人，就听到一个有点沙哑又无比好听的声音："请问您需要什么？"

是她！省西装作很有所谓的样子，对迎面走来的女孩说："我老妈生日，订个蛋糕！"

"我们这里有一款非常适合给妈妈过生日的蛋糕，来，您这边请——嗯，对，不要怕，那条狗也是蛋糕模型。对，不要怕，蛇也是蛋糕……对对，哎……不要动，那是我同事……"随着女孩声音的提高，省西猛地停止拨弄蛋糕房另一个女孩头发的动作。

"太像奶油做的了……"省西很不好意思地挠着头。

另一个女孩居然不恼，仍专心地盯着窗外呆看。

给老妈的生日蛋糕，果然是难得的贴切：金黄的蛋糕上，用绿色果酱铺了一块巴掌大的心形草地，女孩解释这叫"寸草心"，省西听到就很喜欢。

直到第二天中午来取蛋糕，省西都不知道女孩的名字。好几次都想问，但都忍住了。

老妈很满意那个蛋糕，直夸省西懂事。省西当然很高兴，好几天都在猜测那个女孩的名字，她会叫"媛媛"还是"芳芳"，又会不会叫"淑君"或"雅婷"。不，这些都不像，一个美妙的女孩，一定有美妙的名字，岂是可以猜出来的？但省西还是想知道她的名字。每一天都要路过，看着那个女孩擦玻璃门，在那里忙忙碌碌。

又过了几天，省西还是去了蛋糕房，说自己过生日，要订蛋糕。

"你是不是狗？"女孩认真地看了他一眼，竟然问了一句，省西差点恼了，这女孩怎么骂人呢？看到省西不明白，女孩又问："也许是猪吧？"省西这下子真生气了，难道这女孩仗着漂亮就可以为所欲为？他瞪了女孩一眼，女孩似乎有点明白了，就一字一句地说："我是问，你属什么的？"这次她把"属"字说得很清楚。

省西听到她问自己属相，竟然一下子激动得不能自已，以至于想自己属什么想了很久，然后又恨不得把自己的生辰八字告诉她。

这次的生日蛋糕，省西吃完了之后，过了没几天，又来了，他说这次老爸生日。女孩笑了，不知道是不是笑省西家的生日如此集中，还是看破了省西的小心思。

女孩小心翼翼地对省西说："我们这里现在开始登记会员，凭会员可以享受八折优惠，您看要不要办一个？"

"办，当然要办……"省西赶紧登记。女孩认真问了他的名字，还在自己手心里比画着："是不是这个盛？还是这个圣？"省西告诉她："是省钱的省……"

"你的名字好特别，真不知道是什么意思！"女孩一边登记一边说。省西挠着头说："我是在省城西部出生的，我爸就给我起了这个名字，很省心吧！"

这次女孩给省西优惠了不少，还告诉他逢节假日可以到店里消费抽奖，无空奖！

省西取老爸的生日蛋糕时，还领了一条领带答谢老客户。

隔天省西推荐几个好朋友都来办理会员，由于省西没空，几个朋友都是自己去的，但他们回来就告诉省西："你确定是那家饼屋？街角有鸡冠花的？"

"对呀！"省西说，"难道登记不顺利？"

"人家压根就没有这项业务！"几个朋友都对他说。

"可能是因为我买过她们家几次蛋糕，才具备会员资格。"省西猜测。

"不，我其实也买过几次，她们家蛋糕很好吃。但没听说办会员。"一个朋友立刻否定了省西的说法。

省西愣了很久，像是自言自语地说："难道我办的是个假会员？那么，那些优惠怎么说？那条领带怎么说？"

"领带？什么领带？"朋友听到还有领带，赶紧追问，省西只得岔开话题。

他又让老妈去蛋糕房办理会员，老妈回来也说人家现在还没开通会员业务。省西越想疑惑越大，他头脑里掠过一个惊人的念头，吓了自己一跳，赶紧摇摇头说不可能。

省西实在不好意思问蛋糕房女孩的名字，每每在店门口遇到，那女孩都会喊一声"省西"！弄得省西心扑通扑通的。

终于，有一次省西忍不住了，对女孩说："我还一直不知道你的名字呢！"他说得随意，其实内心非常忐忑。

尽管如此，女孩还是小脸一红，没有告诉他。

省西豁出去了，居然问："会员的事，是开玩笑的吧！"

女孩没有退路了，红着脸说："我只是想通过登记会员知道你的名字，只是想送你个礼物……"

　　女孩的手紧紧地揉着美丽的围裙一角，仿佛要把围裙揉成一朵花……

摸鱼儿

老安喜欢在一个破本子上写日记。老安为什么写日记？我猜高考落榜的他爱好文学。

2017 年 5 月 26 日，晴

记得和大贝那天去银行存钱，我们的破面包车没地方停，我便让大贝在门口看着，交警一来就喊我，免得被贴罚单。我正在排队，眼看就轮到我了，大贝进来喊了声：“老大，快走，警察来了！”

一屋子人全都夺路而逃，一时门口拥堵，我冲不出去，车，就被贴了罚单。那时的日子多么令人难忘，毕竟我们还有车。可就在昨天，我们开了车去郊外别墅弄钱，我让大贝在外面放风兼看车。等我千辛万苦弄到几百块钱翻墙出来时，却见大贝在外面急得满头大汗，他说了句让我一头从墙上栽下来的话：“老大，车，不见了。”

“早就告诉过你，社会上很乱，你就是不操心，又睡着了吧，为什么不睡在车里？”我不顾疼痛，训斥他。他低低地说："车里热……"

2017 年 5 月 30 日，雨

学过很多理论，却依然偷不到男士西装内口袋里的钱包。昨天差点和一个穿西装的民工发生正面冲突，好在大贝扮着保安冲过来，将我带走了。这次他还算不笨。这和他当过半年保安有着密不可分的关系。想起来我也有过工作，在饭店当帮厨，都是因为太苦太累，老板还拖欠工资，才走上了今天这条路。

2017 年 6 月 21 日，晴

天真热。

最近打算弄把枪，打了几个公厕墙上的电话，都没有接通，还有一个一接通就扣了我十几块电话费。总算有一个办证的说可以弄到枪。

昨天到杨林村买枪，一千块，接头那人递过枪，收了钱，骑着摩托车就走了。当时怕被别人发现，也没有细看，回去仔细一看，铁家伙是铁家伙，居然是假的。他娘的，连老子也敢骗，下次见到非弄死丫的。好在我给他那一千块钱都是高仿真的假钞。

2017 年 7 月 2 日，雨

买了本专业书籍，从今天开始研制炸弹，老是小打小闹永无出头之日，大贝这家伙胸无大志，成天偷自行车，连人家的雨伞也拿。有次竟偷了一捆青菜和一块牛肉，我晕！不过他也挺老实，吃得了苦，不离不弃，是个好兄弟，我不能辜负他的期望。

2017 年 8 月 7 日，阴

经过一个多月的研究，炸弹基本上算是做成了，我有信心，这玩意儿可以吓住一大帮子人。为了庆祝大功告成，下午和大贝去洗浴中心，桑拿按摩，那个叫小鲤的姑娘居然也是我们豫北乡下的。好喜欢她，走时差点拿走她的手机，好在我控制住了自己。

2017 年 9 月 1 日，晴

经过一段时间的踩点，十字街那拐角的储蓄所不错，得手后易转移。明天就要动手了，好激动。大贝一直劝我放弃，我对大贝说这不是抢银行，这是去取钱，取我们应该得到的钱，我取款单都写好了！我怎么能放弃？现在活得不如有钱人养的一条狗，拼也就这一回。再说了，那个按摩姑娘小鲤，好像对我有意思，今天我们聊了很多。她说她有个哥，也在这座城市打工，还说有机会让我见见她哥。我说我如果有了钱，就带她远走高飞。她笑得真孩子气。

2017 年 9 月 3 日，阴

真他娘的倒霉，现在社会治安真不好，人都疯了，枪是假的就不说了，好不容易研制出个炸弹，前天在动手的路上装着炸弹的包竟被飞车党抢了去！但愿炸弹炸死那两个家伙。气死我了！

反思了两天，是不是上天要让我走正路呢？昨天在小鲤那儿按摩，她说她娘病重，她要回去照顾，这几天就等她哥哥问包工头要到工资一起回老家。她依依不舍地看着我。唉，本来我那天要是成功的话，就可以带她一起走，昨天我几次想说什么，都张不开口。其实，我也可以干些正事儿的，比如开饭店，大的开不起，凭我的机灵劲儿，开个小吃店，完全没有问题。小鲤也是个勤快人，看得出来。为了她，我也要走正路。

2017 年 9 月 10 日，雨

想来想去，我还是不想再干这一行了，我喜欢小鲤，我要和她在一起，为了她我什么苦都可以吃。我可以做生意，明天，弄笔启动资金，就洗手不干了。最后一次下手了，希望可以钱多手顺！

大贝的日记：

2018 年 12 月 2 日，雪

想想真是可怕，老安那样的人，说执行就执行了！我一直记得他研制炸弹时专心致志的模样，像个科学家。说来也是他命苦，遇见了小鲤那样的女人，一心要和她过日子。也是老安太心急了，从不出事的他，一出就是大事儿。那天我没有和他一起去，要是同去，打个掩护，绝不会出那么大个事儿。原来老安一直带着那把弹簧刀，唉，下手太狠了，十几刀……那人也真是，钱还给你了，你就放他一马吧，不依不饶的……

　　老安不知道，他捅死的那人，是小鲤的哥哥——刚刚从包工头手里要到钱。

　　明天还要去新菜市批发那种白菜，真的挺好卖。我发现，做生意，比偷东西，有钱花！

黄金周

　　东骏和芳芳十一黄金周安排得非常充实，他们要自驾游去南方，计划六天过五个省，反正他们小两口目前还没有孩子，说走就能走。

　　东骏在9月30日那天把他的爱车擦得一尘不染，仿佛这辆车要相亲要娶媳妇一样。然后加满油，调试了所有零部件，这部越野车此刻也兴奋得像个新郎一般。芳芳把两人的手机充满电，充电宝也充满电，每部手机还都提前收集好了很多流量，交了足够的话费，删了很多过去在自己家自拍的照片——把手机的内存空间都腾得干干净净……一切都准备得妥妥的。

　　国庆节那天早上，天朗气清，惠风和畅，东骏带上必需品，芳芳拿着装着各种卡和现金的小钱包，两个人豪迈地出发了。

　　出门直接上了家门口的高速，半天工夫出了距离他们家10公里的省界，芳芳已在朋友圈发了沿途拍的出游慢镜头视频，收获点赞无数。终于下了高速，东骏说："就在这座小城吃午饭吧，这也是一个山清水秀的地方。"芳芳说："就是，不必名山大川，不必名胜古迹，我看在这里的小山村住上一晚，定是极好的。"

东骏对芳芳的话言听计从，说："住就住，最好农家乐那种的。"当然，两人若不是饿急了眼是不会说出这么深明大义的话的。

东骏开车按照指示牌的指引向前方不远处的一个 AAA 级旅游景区进发，快到景区时路上的车多了起来，饭店旅馆也多了起来。

一直吃着自带零食的芳芳说："赶紧先停车吃饭吧！"

这一顿先将就下，吃的是没有什么特色的菜。然后两人急着去山里找农家乐。

他们最后还是离开了这个地方，这里居然已经没有住的地方了，芳芳只好用手机在城里订了宾馆。两人的情绪不免低落。

"咱们这次不走高速，一定不会那么堵！"第二天一早，东骏对芳芳如是说。

果然如东骏所料，他们这一天跑了一百五十公里，来到此行比较重要的一个景区。

"这里不仅风景优美，而且民风淳朴，自然条件优越，野味很多……"东骏仿佛来过似的，用播音员的口音对芳芳介绍道。

　　他们找到了一户农家乐，看样子客人不多，空房还有好几间，随便挑随便选。老板是个红脸膛的汉子，非常好客，东骏问食宿价格时他哈哈一笑说："自家地方，自家东西，只要您满意，价钱好说！"

　　东骏和芳芳就住下来了。

　　晚餐时，老板又是水里捞鱼，又是地里拔菜，做了一顿地地道道的农家饭，甚是好吃。老板和东骏一见如故，几次说要拜把子，并且说明天去景区他带他们进去，一大早就去，他们村民都有专用通道，不用买那一百块一张的门票。

　　喝到高兴处老板大哥非要再添个菜，说着就去杀家里的那只打鸣鸡，东骏拦都拦不住。只见老板大哥麻利地抓住大公鸡，一刀封喉，还就着一只大海碗接了好大一会儿血，然后才把鸡扔在地上，喊老板娘去煺毛。谁知大公鸡在地上挣扎了几下竟站起身，若无其事地跑了，留下手指滴着鲜血的老板大哥和东骏在原地迷茫……

　　第二天老板大哥包着受伤的指头，果然带东骏、芳芳从一个极其隐蔽的地方进了景区，老板大哥让他们好好玩，晚上回去给他们做烤山猪吃。

　　一天游玩自是其乐无穷，伴着美景拍了不少照片，这里不做赘述。傍晚东骏和芳芳带着快乐的疲惫回到农家乐时，老板大哥已经做好了杀猪的准备，那是一只不大的山猪，老板说这是前天刚捉的山猪，明天这里将来一个旅游团，想着东骏他们明天就要走了，今天杀了猪，好先让东骏他们尝尝鲜，东骏和芳芳感动得无以言表——老板大哥在手指受伤的情况下还不忘给他们做好吃的。老板做的烤山猪的确是太好吃了，撒上胡椒粉、辣椒面儿、孜然、盐巴，东骏和芳芳吃了差不多小半头山猪，喝了一捆啤酒，还缠着老板大哥给他们唱烧烤歌，和老板大哥碰杯，东骏和老板大哥还真对着月光拜了把子。直到夜半才心满意足地作罢。东骏睡梦里还一直喊着老板大哥。

　　第二天两人离开时是含着泪的，为了避免出现过于激动的场面，老板大哥一直没有露面，两人知道老板大哥是有意躲着他们的。最后，两人依依不舍地默默地离开了。

　　其实由于太兴奋，两人一夜没睡好。

　　东骏对靠在他肩膀上说头疼的芳芳说："放心，咱们还会来的，这地方还得来，来了就找这个老板，下次多带点儿人来，把你娘家的人都请来，还有我那些好哥们儿，都得来……"念叨了很久，终于太疲惫，两人头挨头睡着了，他们梦里有青山绿水，有香喷喷的烤山猪……

　　火车载着他们的梦，呼啸着奔向远方……

神秘来电

　　这天下午，房管局刘局长在办公室里等房地产公司杜总的电话。因为他们是高中同学，所以，办很多事都比别人方便一些，可以少些顾虑，互相帮衬。杜总很够意思，刘局长也很讲义气，这几年两人配合得很默契。

　　电话响了，刘局长迅速拿起，待要按接听键，却看到是在市纪委工作的张科长打来的。他们是发小也是高中同学。

　　刘局长知道张科长无事是不会和他联系的，他们虽然是发小，但后来因为彼此都很忙，并不常联系。张科长秉性严肃，不喜欢聚会，不喜欢喝酒唱歌，他和刘局长早已说不到一块去了。

　　刘局长停顿了一下，按下接听键，热情有加地说："兄弟，这会儿咋想起我了？"

　　对方并不说话，刘局长能听到对方那里很安静，有人来回走动，有人咳嗽，可对方就是不说话。也许那边在开会？刘局长猜测着，心里七上八下的，正要悄声问一下什么事，对方却挂断了电话。

刘局长心里暗叫不好，一定有什么事。这是老同学在发警报！难道他和杜总的事被纪委发现了？难道……

他不敢往下想了，迅速拨打杜总的电话，得先通个气，今天最好先不吃饭了。

谁知杜总的电话正在通话。刘局长只好耐心等，过了几分钟实在等不及了，又拨了过去，这次通了。杜总小心翼翼地低声说："刘局，今天晚上不能去吃饭了！"

"咋了？啥情况？"刘局长心里马上感到：果然很不妙。

"就刚才，纪委张科长，咱们同学老张，给我打电话了……"杜总有些不安地说道。

"他也给你打电话了？"刘局长拿手机的手都开始发抖了，声音也颤抖起来。

"可他就是一直不说话……"杜总明显也是非常不安，"是不是……"

"我也是，刚刚也接了他电话，也啥都不说。"刘局长已经坐不住了，"很明显，他们正在开会，他这是在暗示我们，出事了，甚至都来不及等到开完会再通知我们，别看平时来往不多，老同学就是老同学！"

"啊！"杜总听说刘局长也接到了老张的电话，马上就确定了，"老刘，我可是滴水不漏啊！咋还会……"

"我也想不通呢，现在不是说这的时候，你赶紧弄张机票，不管去哪儿都行，我得赶紧走，你把你那边也安排好……"刘局长语速很快地说道。

"不至于吧……"杜总听到老刘的安排，觉得有些过于严重了。

刘局长心里当然有谱，自己除了杜总这些事，和其他很多老板也有事，这当然不能和杜总明讲。现在得赶紧离开这里，远走高飞，隐姓埋名，其实他另一个身份证都办好了，谁都不知道，一直都在随身的包里和护照在一起呢。

刘局长审视了一下自己的办公室，这环视的一眼，既是告别也是看看还有什么重要的东西不能留下。他拔了座机电话，想了想又插上。他打开抽屉，多亏自己平时谨慎，里面没有什么不能留下的东西。于是他拿着手包，带着手机，调整好表情和呼吸，出门了。

楼道里遇到的工作人员都纷纷和他打招呼，他彬彬有礼地回应着，电梯里只有他一个人，他暗自高兴。杜总说机票已经订好，飞往泰国。泰国他去过几次，轻车熟路，老杜办事就是可靠。他想了想决定不回家了，直接去机场。越早越好。

司机小陈看见了追上来说："刘局，去哪?"作势就要去开车。

"不用，同学马上来接我，你先别去，等我打电话给你!"小陈很有经验，不再多问。

刘局长打了个出租车去机场。老杜已经派人拿着机票在等他了。他深情地望了一眼机场外的公路以及远处的建筑物，想着下次再回来不知道什么时候了，心里不觉有些难过。

　　飞机还有一个半小时起飞。他期间接了几个无关紧要的电话，后来就关机了。

　　金秋十月的天空万里无云，飞机平稳地飞行，刘局长紧张的心渐渐平缓，他望着窗外空空如也，突然感到自己一身轻松却也有点一无所有之感：真的就这样放弃了这里的一切吗？可不这样又能如何呢？在泰国做点正当生意吧，少投点资，慢慢来，那张卡里的美元应该足够投资的，做什么好呢？开间中餐厅？嗯，就这样定了。

　　刘局长连餐厅名字都想好了：幸福餐厅。

　　飞机到达曼谷机场。下了飞机，刘局长打开手机，看到好几个来电提醒，都是张科长的。打回去？他会不会把自己定位？还是不管了。

　　一条短信来了：老刘，不好意思，今天下午我五岁的小外甥拿我手机玩，后来我才发现他给你和其他几个朋友都拨了电话，纯属误拨。我知道因为我的工作关系，给你打电话容易误会，希望没有打扰到你！

　　刘局长气得想摔了手机，哼，希望没有打扰到我？哼，现在天都黑了，老子都在异国他乡了，说句不好意思就算了？说得真轻巧！这些话他当然没有对老张说。

　　刘局长就近找了一家餐厅吃饭，突然看到餐厅的招牌上写着泰文和中文：幸福餐厅！原来他上次来泰国时就是在这家餐厅吃的饭。他忽然又想到：多年前，是不是有一个人，和自己情况差不多，在一个匆忙的时间，来到这里，开了这家餐厅？或者干脆就是自己穿越到了未来，开了这家餐厅？他一边这样胡思乱想着，一边走进去吃饭。

那一刻，刘局长感觉到很不真实，总觉得有另一个自己，正坐在餐厅后台，拨拉着算盘珠子……

西餐厅窗外的蚊子

那一对男女还在争吵不休。

商董站在窗外，不时望一下窗内，不时拍一下飞到脸上的蚊子。是的，这里花木扶疏，蚊虫繁多。但商董不能离开这里，他是属于这个位置的，他像钉子一样每天晚餐时钉在这里，已经快一年了。冬天冷就不说了，春秋当然会好过点，夏天热也不说了，可是夏天蚊子特别多，尤其是傍晚时分，蚊子打脸地飞过来，虽然商董喷了防蚊花露水，却还是被那些不管不顾的蚊子叮咬。血汗钱在商董看来，就是被蚊子吸走的鲜血。他不是董事长，他姓商名董，和董事长没有一毛钱关系，他是这里的保安，一个月两千块钱。

保安公司几次要调走商董，他却不同意，就算调他到四季如春的室内去站岗，他都回绝了。因此，他感动了保安公司，成为今年的劳动模范，工资也增加了，他唯一要求就是——原地站岗。

保安公司老总好几次在大会上说："站好岗，是军人的天

职，当然也是一个高级保安应该做到的，而商董……"保安
公司老总提到商董的名字，认真停顿了一下，简直有提拔商
董做公司董事之意，然后充满感情地说，"商董，一个月仅仅
拿着两千元的工资，却干一行爱一行，站一岗爱一岗，从不挑
肥拣瘦。据说有一天他的脸被毒虫蜇得肿了一大片儿，却依
然坚持上岗，出勤率百分之百。大家都知道，西餐厅在有些特
别节日，比如情人节，比如 5 月 20 日，比如七夕，会是高峰
期，对保安要求也特别严，而北窗岗的商董从未请过一天哪
怕一个小时的假，尤其是节假日，几乎寸步不离！这是一种高
度负责任的态度，我们，包括管理层，都应该向商董学习！"

　　商董此时低着头，俨然做错事的孩子……

　　窗子里的男女终于不吵了，商董平静地望着里面的人。
借着西餐厅外墙上的灯光，你可以看到商董脸上落了两只蚊
子……可他竟不去拍蚊子，只是痴痴地望着窗子里的男女。

　　难道窗子里阔气的年轻人是他分离多年的兄弟？或儿子？
商董今年四十多岁，里面那个阔气的小伙子，也像他兄弟也
像他儿子，很不好说。再难道，那个女孩是商董的老乡？和商
董谈过一场不可思议的恋爱？商董那种专注的眼神，让人不
得不往爱恨情仇方面想。

　　商董一动不动地站了很久，专注、笔挺，以至于没有察觉
到不远处楼上的保安公司老总正在观察他。老总点了点头，
对秘书说："名不虚传，名不虚传！"

　　保安公司老总暗察过商董后就忙着喝酒去了，商董却还

一动不动地在那里站着，蚊子喝饱了血，拖着沉重的罪恶的身体安全撤离。

　　终于，窗户里的女子站了起来，她没有太生气，却非常决绝地离开了西餐厅。我们借着灯光可以看到商董的脸上展现出细微的得意的微笑，这时候我们是不是可以肯定，商董认识那个女孩，甚至爱着那个女孩，但那样我们就错了。只见坐在西餐厅的小伙子，先是沉默地发了一会儿呆，又站了起来，似乎要去追那女孩，但他又坐了下来，喝光面前的高档葡萄酒。这是他包场的西餐厅，没有别的人，他的一举一动也没有服务员敢看——他早已让那些人退出去了，没有他的吩咐不会进来。他可能觉得烦闷，打开了窗子。

　　忽然，他拿起一枚耀眼的钻戒，向窗外用力掷去……

　　那明亮的弧线，在商董眼里比流星还要美丽！

信仰

　　同事周羽从泰国探亲回来，带了一大堆泰国特产：曼谷包、手标红茶、肉纸、榴莲干儿……其中最让他得意的是一大瓶泡着一条硕大眼镜蛇的药酒。

　　"这是我在泰国蛇王手里买的，据蛇王说，这条眼镜蛇是他在一座蛇岛上抓的最大的一条野生眼镜蛇，活蛇泡酒，灵丹妙药。说不定现在这条蛇还活着呢！"周羽眉飞色舞地说。我望着那大玻璃瓶子里泡在浅黄色酒里的眼镜蛇，蛇睁着眼，不是死不瞑目就是真的还活着。

　　"这的确挺吓人的，想想吧，如果这蛇还活着，一旦玻璃瓶破了，蛇出来咬人该怎么办呢？"我担心地问周羽，同时警惕地和那玻璃瓶保持距离。

　　"我有解药，蛇王赠送的，专解各种剧烈蛇毒，就怕蛇还活着，出来咬人。"周羽得意地拿出一个带着红塞子的小瓷瓶，像极了古装片里的经典解药。然后他轻轻晃动大玻璃瓶，那条蛇在酒液的晃动中翻转着扭动着身躯，模样狰狞可怕，果然像是还活着。"管用吗,这解药?"我问。"蛇王亲自演示过,大眼镜蛇咬一口,一抹,跟蚊子叮一下似的,什么事都没有!"周羽自豪地说。

"这酒很贵吧!你打算自己享用这蛇酒?"我问。其实我是不敢喝这酒的,想想就感到害怕。

"不贵,也就五千多一点吧。要我说,也就赠送的解药值钱……人到中年,你也知道我没时间锻炼身体,不像你,天天有空跑步游泳。我不仅肾虚,还腰肌劳损,还有轻微的风湿性关节炎……我就指望这瓶蛇酒了!"周羽说了一大堆毛病,为的就是打消我也想喝蛇酒的想法。

"放心,你自己喝吧,说实话我挺为你的健康着急,现在有了这蛇酒,以后你也可以放心地熬夜加班啦!"我酸溜溜地说。

也许因为我表了态,周羽放心了,当着我的面拧开大玻璃瓶底部的水龙头,接了一小杯蛇酒,毫不客气地一饮而尽。

我看见他喝下去之后,面部表情复杂,并不是特别舒服。

"腥,蛇腥味十足,酒味都无法阻挡!要不你也来一杯?"

"不不不……"我连连摆手,"我可以通过锻炼让身体强壮!"

"以后我要坚持一天喝一杯,蛇王说了,晚上睡觉前喝,效果最佳!"

周羽此后居然真的精神一天比一天好,这不是我一个人看出来的,我们整个公司的人有目共睹,过去他总是一副老气横秋的样子，现在完全是生龙活虎，上台阶都是一步两级。就连董事长有一天看到周羽矫健的身影之后，为了显摆自己识人的眼力，以肯定的语气问身边的职员："那小子是不是运动员出身？"那个没有眼力见儿的职员答道："哪里是运动员，来公司十年，从来没见过他运动！"董事长的脸色很不好看。

我经常见面就开玩笑地提醒周羽："小心蛇出来咬你！"

"不怕，我有解药呢！"他总是春风满面。

公司要举办乒乓球赛，脱产训练三天，然后选出优胜者和我们的冤家对头公司进行决赛，毫无悬念，根本不锻炼的周羽在选拔赛上脱颖而出。他只是小时候喜欢打乒乓球，现在居然能胜出，体力上的优势帮了他大忙，看到他那劲头十足的样子，谁都没有信心赢他，大家从一开始就输给了他的气势。他果然不负众望，打败了冤家对头公司的选手，为我们公司赢得了荣誉。

"都是蛇酒的功劳！"他私底下对我说。

"如果那条眼镜蛇还活着，等你喝完这一大瓶药酒，是不是可以添进新酒继续泡？"我问。"那当然，泰国蛇王当时就告诉我了，要我喝完时再向他邮购一塑料壶药酒，再泡上一年就又可以喝了！蛇只要还活着，药效就有保障！"他说完望着我笑了，"你是不是也想尝尝？"

"不不不……"我连连摆手，"我只是问问。我不喝，我喜欢喝素酒。"

我知道他舍不得让我喝，他的脾气我太了解了。

　　周羽被蛇咬的消息传到我耳朵里时，我正在健身房。周羽妻子打电话给我，泣不成声地说："他被蛇咬了……"

　　"那条眼镜蛇真的活着？"我问。周羽妻子只是告诉我周羽在抢救。

　　我火速赶到医院，周羽已经从急救室转到了监护病房，但仍昏迷不醒。他妻子已经止住了哭泣，因为医生告诉她，周羽已经脱离生命危险了。

　　我看到周羽面无血色地躺在病床上，想着他生龙活虎的样子，感叹世事白云苍狗，感叹一着不慎满盘皆输。

　　"情况是这样的……"医生对周羽妻子说，"他并没有中毒，但肌体受到了严重损伤。"

　　"没有中毒？"我和周羽妻子大惊。

　　"我们已经检查了那条蛇和那瓶药酒，是蛇咬伤了周羽的胳膊，但那条蛇是个模型，是聚酯材料做的高仿真玩具蛇。"医生说，"毫无疑问，仿真模型蛇，根本没有毒。当然假蛇牙很硬，比较锋利，很容易挂破皮肤……至于那药酒，一点儿毒性都没有，属于低度黄酒……"

　　我和周羽妻子再次大惊："蛇是假的？为什么他还这么严重？"

　　好半天，周羽妻子像是想起来了什么，喃喃道："对了，我听他在昏过去前说，他把解药丢了！"

浣裳记

　　我初到华山派的时候，几个师兄都笑我样子呆，师父一脸严肃地呵斥了他们几句，又转过脸慈祥地对我说："以后就和几个师兄一起负责浣洗房的工作吧！"

　　我很沮丧，我出身富农，来华山派是为了当个潇洒的大侠，至少也要像戏文里的侠客一样衣来伸手饭来张口，可没想过要为别人洗衣服，我进来前打听过这里的衣服都有专人洗的，这才放心大胆地入了华山派。我问师父："不是说有专人洗衣服的吗？"师父仍慈祥地微笑着说："是，有专人洗衣服，就是你们几个啊！"顿时，我有一种在陌生的地方遇到熟悉的痛苦的感觉。

　　师父可能看出了我的不满，慈眉善目平心静气地说："虽然你捐了十两黄金，可是在祖师爷的面前，和捐了一枚铜钱的师兄五穷是平等的，他要洗衣，你也要洗衣，洗衣也不是一件简单的事啊。"我听了肃然起敬——现在说话这么有禅意的师父在江湖上已不多见了，还不赶紧出书。

　　洗衣房很大，除了十个洗衣池，还有一间专门供雨天晾衣物的大空房子，我跟着五穷、六难、七苦三位师兄在这里从早忙到晚。

　　七苦一天对六难说："听说山下来了一个戏班子，有个很漂亮的女戏子，咱俩去看吧。"六难年长，力气又大，便对我和五穷说："你们两个好好洗，我俩去去就回。"我不敢争论，一向窝囊的五穷不满道："凭什么？"七苦笑着拍拍他："下次换你们呵！"

　　他俩走了，只剩我俩，一刻也不敢耽误活计。五穷专拣好洗的洗，他总是把几位师叔和师父的衣服交给我，说："认真点洗，师父应酬多，上面油渍一定不少。"我没说什么，谁让我初来乍到呢？

　　第二天，可能戏班还没走，五穷也下山去了，只有我一个人，认真地洗着所有衣服。傍晚，三位师兄兴高采烈地回来时，我已差不多洗完了。这时恰好师父过来视察，他对我们说："凡事要用心，今天我好像看见有人下山了，是谁？"

　　三位师兄一齐指我。

　　师父带着一副让我说你什么好的神情望着我说："八财，你下山干什么去？"

　　我百口莫辩，只得说："听说山下有个戏班子。"

　　师父眼前一亮，但马上又正色道："我不是常常告诉你们：不要相信你的眼睛，要遵从内心，眼睛看到的未必就是真实的，也不要相信你的耳朵，耳朵听到的未必都是正确的。咱们回头都是江湖上最酷的传说，还看什么小把戏呀！八财，你很诚实，说，都有些什么戏？"师父的样子很严肃。

"我没有看，真的不知道啊。"我低声说。

师父很失望，走了，并留下话，要我多洗一年的衣服。

转天，我便看到师父匆匆下山去了。我想起师父的话：不要相信你的眼睛，要遵从内心，眼睛看到的未必就是真实的。

几个师兄把活儿都推给我，然后去山后新修的洞里捉迷藏了。

我不敢偷懒，认真洗好每一件衣物。晚上便传来消息，几个师兄弄翻了洞里刚挂好的巨钟（开饭时敲的）。由于师父夜不归宿，一位师叔处理了三个师兄——罚他们抄写十遍《华山派是怎样炼成的》（《华山秘籍》的成书笔记）。

三位师兄夜以继日地一边玩一边抄书，我洗衣的工作更重了，没有人想到我。但我仍十分认真地洗衣服，大不了不吃饭，不睡觉，没有什么不可以克服的困难。每日一边洗衣一边虔心地背千字文，我一直记得师父的教诲：只要用心，洗衣也是习练武功。希望洗衣能救我于迷途。

冬天过去，暮春天气时，师兄们抄完了十遍书，又回到洗衣房，但他们每天都出去捉兔子玩。

这天，师父过来，郑重宣布："八财，从今天起升为本门入室弟子，以后就不用来浣洗房了。"并当场递给我一把单间钥匙，亲切无比地和我握了一下手，目光满含深意。

就这样我提前结束了洗衣工作。三位师兄大为羡慕，却又无可奈何，猜测是不是捉兔子的事儿被发现了？又私下里打听我又让家里送来多少黄金，是不是都送给了师父？各种揣测各种打听。

　　我不能告诉他们：由于我认真洗衣服，感动了老天。几天前，我在师父的一件长袍中发现了一个陌生女人饱含幽怨的来信……

一块来自明朝的砖

明孝宗弘治八年（1495 年），嘉峪关开始修建关楼。

我看到了一块没有被砌到城楼上的砖——它静静地待在举世闻名的嘉峪关城楼沿上，几百年的风吹雨打，它依然那样结实，那样棱角分明。它没有"无材可去补苍天"的遗憾，却在耐心地讲述一个故事！

我眼前浮现出修建城楼的工匠们忙碌的身影——那些汗水在风中变成盐粒，变成嘉峪关外的黄沙！我看到一个消瘦的身影，他走在工地上，认真地到处查看，不时和工匠们讨论着什么，镜头拉近，我认出了这个怀庆府老乡——他是时任肃州兵备副使的李端澄。

当时嘉峪关是这个样子：天苍苍，野茫茫，向前看，戈壁滩，向后看，鬼门关。要在这样一个不毛之地建造关城，难度可想而知。李端澄负责建造嘉峪关关楼，按说，负责这么艰巨的工程是有很多机会捞上那么一把的，至少可以大手大脚地阔上一阵子，如果说因为难度太大，非常耗费材料，没有人会怀疑,因为那时就是在中原建一座官家的酒楼都会有人趁机捞大把的银子。如果想拥有一笔糊涂账,这真是天赐良机。

工程一开始招标,就有个工匠头子私下找到李端澄,悄悄说:"李大人,在下承包工程经验丰富……"说到这里,他还向李大人挑了挑眉毛,"像那西安府、凉州府的几座大酒楼都是在下建的,如果让我负责施工……"这家伙左右一看,就从袖子里露出一包金子,"好处少不了大人的。"说着就把金子递了过来。从来廉洁自律的李端澄一甩袖子,勃然大怒:"嘉峪关乃天下重镇,如果交给尔等心术不正之人建造,天下必受尔等所害!"还有几个这样的包工头得知李大人发怒之后,便直接打消了前来拉拢的念头。

李端澄选了人品与技术都很过硬的工匠易开占负责设计。

"易师傅,工程虽大,也要尽量把预算做得精确一些!不能浪费一砖一瓦!"他对易开占说。

李端澄不仅没有想借工程建设之机捞上一把,还想着如何节约用度。他认真核查工程用款的账目,做到来去清楚,锱铢必较。他一直挂在嘴边的一句话就是:"修城即是修心,心不坚定,城必不固也!"

易开占先绘制图样,制出模型,再按比例计算实际用料。精确到哪里需要用多少砖,哪里需要几米长的木料,都清清楚楚。最后,易开占说:"要九十九万九千九百九十九块砖!"李端澄问道:"你都算清楚了?"易开占肯定地回答:"一丝一毫都算清楚了!"

　　旁边有个小吏，他根本不相信工匠能够把这么大的工程提前精确计算到要用几块砖，他在老家修三间房子，最后都剩下一平车砖呢。他觉得李端澄和易开占说的都是疯话。李端澄把材料如数交付给易开占。那个旁听的小吏就利用职务之便，偷偷藏起了一块砖，他倒要看看易开占算得有多么精确。本来想多藏几块，但易开占看得实在太严了，这一块砖还是瞅了好几次机会才掖在衣服里弄走的！

　　工程最后一天，易开占找到李端澄，说："大人，不好了，丢了一块砖！"

　　李端澄出去一看，果然，工程已完成，就差一个砖的小缺口，地上还有最后一铁锨泥浆等着砌砖。李端澄笑着对易开占说："看来你少算了一块砖啊！"

　　易开占非常肯定地说："不会算错的，一定是有人拿走了！"

　　李端澄让他另找一块差不多的砖砌上了！

　　然后他们奇迹般地在城楼下遇到了那块丢失的砖！

　　"把它放在城楼沿上吧，放到让人够不着却能够看到的地方！"李端澄说道。

　　我看见一个目瞪口呆了很久的人，就是那个藏砖的小吏……

　　我问那块砖："你没有被用上，这几百年感到委屈和孤独吗？"

　　"当我刚被藏起来时，的确感到委屈和孤独。可是当我再次出现，你知道我有多么自豪吗?"那块砖说。

"可是你失去了成为伟大的嘉峪关城楼一部分的机会，你没有被砌到城楼上，成了一块闲砖!"

"不，我不仅是嘉峪关的一部分，我还成了一面镜子，映照出劳动者的智慧和一个廉洁认真的官员的榜样!"那块砖自豪地说。

(原载《焦作日报》2016 年 5 月 27 日)

一朵来自宋朝的牡丹

民国初年，我在北平摆地摊儿。

我的地摊上全是古董，像康熙用过的砚台妆台，乾隆用过的酒壶夜壶，还有落款为唐伯虎的慈禧少女时代的画像，苏东坡闲时手抄的《红楼梦》全本……都是不得了的东西。

命中注定的一天，一个胖子拿着一本《康熙字典》问我要不要。我问多少钱？胖子说三块大洋。我说太贵了，就是《秦始皇字典》也值不了这个价。胖子不乐意了，让我看书背面的印刷信息：北宋神宗二年，王安石主编，开封府印制。

不是宋版的我也不会收！我看完这样说，并且让他便宜点。他叹了口粗气，说算你运气，两块大洋吧。我掏出一块大洋和五个铜板，说只有这么多了，今天还没开张。他忙夺过钱，将书扔在我手里，走了。我顿时觉得钱出多了。

我闲翻那本《康熙字典》，嗯，不错，品相九成新，真不愧是宋版的，质量就是好，一股油墨香扑鼻而来！这时，我看见书中夹了一朵花——是那种平时泡水喝，关键时候求爱用的小野花。我问一个精通花语的老头，老头非常肯定地说：这是一朵来自宋朝的牡丹，由于年代久远，缩小成了铜钱大小。

　　一朵来自宋朝的牡丹，多么让人浮想联翩——想当年，一个公子哥正准备用此花泡水喝，忽然看见门口走过一位神仙姐姐，忙持花追出两里地，神仙姐姐含羞地接受了这个并不帅气的公子的求爱，并将花夹在自己的《康熙字典》里。后来两人成婚，这本书夹着的这朵花寂寞地流传下来……多么动人的故事——谁信呢？

　　后来，那本《康熙字典》被我以五十块大洋的价钱卖给了一位立志读遍天下盗版书的暴发户。只有那朵花一直被我珍藏，直到抗日战争爆发。

　　这天，命中注定的一天，一个穿着和服的瘦子站在我面前，我一眼就认出他是当年那个卖给我《康熙字典》的胖子。二十年过去，他瘦了，还变成了日本人，这年头这都不足为奇。我问他都有什么宝贝。他说什么都有。我问有古玉吗？他说没有。我说那有什么？他说什么都有。我问有古币吗？他说没有。我问到底有什么？他说什么都有。我不得不认为这是一种高级暗号。

　　他向我推销一幅画：吴道子画的《乾隆下江南》。此为长卷，徐徐展开，江南美景尽收眼底，此画保存完好，应该是吴道子画完后就没有再打开过，不然不能这么新。

　　我问多少钱？他伸出一个巴掌，我惊道五块大洋？他摇摇头，让我看清楚些。我定睛一瞧——他那只手有七个指头。他说，七块大洋。我摇摇头，说战局不稳，民不聊生，现在谁还花闲钱买这么贵的东西？他说六块，弯下一根手指。我依然摇头。他说五块，又弯下一根手指。我还是摇头。他要走，我一伸手扯住他，只听——刺啦——劣质和服掉了一块，露出他腰上的肉。做生意是不顾这些廉耻的，我掏出一块大洋和五个铜板，说，只有这么多了，今年还没有开张。

他叹了口细气，夺过钱，将画留下，走了。我觉得又给多了。

此画简直就是刚画出来的，要不是落款为吴道子，打死我也不信是唐代的画！我静夜细观，忽然发现，这幅画的右下角有一个花形缺口，莫非是什么记号？看那花形，似牡丹，我自然想起一直保存的宋朝的牡丹，忙找出，往上一放，正正好！

这朵二十年前无意中得到的花，为什么会和今天得到的画这么吻合？我百思不得其解，一夜无眠。

早晨我犯困，正在打盹，有人拍门。开门一看，是表弟，一名抗日英雄。此时他疲惫不堪，我忙让他进来，他疲惫中仍不失警惕（他是地下党，表面身份是电车司机）。他一眼就看到了《乾隆下江南》，惊问此画从何而来？我说昨天收的。他眼尖，发现了牡丹花，问从何而来？我说二十年前收的。他一拍手，兴奋地叫道，我们找了好久，都没有找到这幅画，为此还牺牲了一名同志。我说你们也喜欢收藏？为了收藏连命都可以不要？他说，你说哪里去了，此画乃伪满洲国的军事机密地图。表弟并不详解，只是说，那牡丹花处，正是伪满洲国储备黄金的库房！他问我，你是不是见过一个手上有七根指头的人？我大惊，你怎么知道？表弟说，他是我们的人，可惜，就在昨夜，不知去向。我大惊，忙看那图，可惜看不懂。古人真是有先见之明啊，吴道子神机妙算，我真不如他。

　　表弟给了我五十块大洋，将画拿走。不久，听说东北某处发生爆炸，数吨黄金不翼而飞，我表弟那时正好开着一辆空电车从爆炸地点经过，后不知所终……

　　一天大街上有游街的，我看见了那个卖给我画的瘦子，他在军车上也认出了我。他遍体鳞伤，却对着围观的人群笑，那笑是多年信赖的相知才有……我知道他是对我笑的。